दी सिस्टर्स ब्रदर
(हिंदी)

A STORY FOR BELIEVERS

संजय पंवार

Made with ♥ on the Notion Press Platform
www.notionpress.com

क्रम-सूची

एक फ़ोन कॉल

"शालिनी, कितना समय और लगेगा? जल्दी आओ। हम पहले ही बहुत लेट हो चुके हैं।" मैंने अपने कमरे के बाहर खड़े होकर कहा।

कुछ देर बाद उसने कमरे का दरवाजा खोला। वह बेहद सुंदर नजर आ रही थी। गले में चमकीला हार। कानों में चमकते झुमके। उसने नीली कलर की साड़ी पहन रखी थी।

"नीले कलर की साड़ी कौन पहनता है शालिनी!" मैंने उसके झुमकों को आराम से छूते हुए कहा, "यह झुमके वही है ना जो मैंने तुम्हें अपनी शादी के बाद पहली बार दिए थे?"

"हां, मैंने आपकी दी हुई हर चीज को संभाल कर रखा है।" उसने गर्दन हिलाई। उसने अपनी साड़ी की ओर देखते हुए कहा, "क्या तुम्हें मेरी साड़ी पसंद नहीं आई? एक मिनट, मैं चेंज कर लेती हूं।"

मैंने उसका हाथ पकड़ कर उसे अपने पास खींच लिया। मैंने मेरे दोनों हाथ उसकी पतली कमर पर रखते हुए कहा, "मैं तुम्हारी साड़ी पसंद नहीं करता, मेरी रानी। मुझे तो आप पसंद है। आज तुम बहुत हॉट लग रही हो।"

उसके चेहरे पर वही चमकती हुई मुस्कुराहट थी जो उसके चहरे पर तक आती थी जब में उसकी पतली कमर को अपने दोनों हाथों से पकड़कर उसे चूमने वाला होता था। एक्चुअली, मैं करने वाला था। मेरे होठ उसके होठों के काफी करीब थे। उन दोनों का एक लंबे समय के बाद मिलन होने वाला था और दोनों ही एक दूसरे से लिपटने के लिए एकसमान बेताब थे। उन्हें अपने भारी मेकअप के खराब हो जाने का कोई डर नही था, वो अब अपने आप को रोक नहीं पा रहे थे। वह इस समय इसे और ज्यादा महसूस करने के लिए अपनी आंखे बंद कर लेती है। मगर इस के बजाय उसकी आंखे और बड़ी हो गई।

'श...शशशश...' की आवाज निकालते हुए उसने मुझे पीछे की ओर इशारा करा।

"सच में, यू आर लुकिंग सो हॉट! अब तो मैं तुम्हे चूमने से खुद को नही रोक सकता।" मैंने अपने होठ उसके होठ के पास करते हुए कहा।

उसने फिर मुझे पीछे की ओर इशारा करा। उसने मुझे धीरे से धक्का दिया और मैं पीछे मुड़ा। मेरे सामने निशा खड़ी थी। मेरी बेटी। अपनी कमर पर एक छोटा सा बैग लिए हुए। बिल्कुल अपनी मां की तरह तैयार होकर कमर कस के खड़ी थी। वह मात्र 9 साल की थी।

मैं उसे देखते ही उसके पास जाकर घुटनों के बल बैठ गया "ओ हो, तो मेरी गुड़िया तैयार हो गई।"

"हम घूमने नहीं जा रहे, पापा?" उसने अपनी तोतली आवाज में पूछा।

"यह आपको किसने कहा? हम जा रहे हैं। यहां से बहुत दूर। आप तैयार हो गई?"

"हां, मैं तो कब से तैयार हूं। आप लोग ही है जो इतना समय लगा रहे हैं।" उसने मासूम आवाज में कहा।

"मैं नहीं, आपकी मम्मी। यह एक घंटे के बाद अपने कमरे से बाहर निकली है। तुम ही इसे समझाओ। मैं तो कमरे के बाहर इसे पुकारते पुकारते थक गया।" मैंने शालिनी की ओर अपनी गर्दन घुमाते हुए कहा, "यह लंबे समय से कमरे से निकल ही नहीं रही थी। आपके पापा तो बहुत पहले से तैयार होकर बैठे हैं।"

हम लोग काफी लंबे समय के बाद कहीं दूर घूमने जा रहे थे। हालांकि यह मेरी पत्नी की डिमांड नहीं थी बल्कि मुझे अपनी बेटी निशा के लिए यह ट्रिप का प्लान बनाना पड़ा था और मुझे मात्र पांच दिन की छूटी मिली थी। निशा के साथ के सारे बच्चे अब तक दो बार अपने माता-पिता के साथ घूमने जा चुके थे और वो ये सारी बातें निशा को बताते थे कि उन्होंने कैसे ट्रिप को एंजॉय किया।

मैं अपनी बेटी से बहुत प्यार करता हूं। चूंकि मेरी कोई बहन नहीं है, मैं निशा में ही अपनी बहन को ढूंढ लेता हूं। हम बहुत झगड़ा करते है। हम दोनो टीवी देखते समय एक दूसरे से रिमोट छीन रहे होते है। अपने लिए पानी का ग्लास मंगवाने के लिए वह मुझे ऑर्डर देती है, जब वह अपना खाना खत्म कर लेती है। उसके मंगाए कुरकुरे मैं खा जाता हूं। और कई

बार बैठकर हम दोनों शालिनी का मजाक उड़ा रहे होते हैं।

"ओ हो। अब तुम लोग भी। अगर बाप-बेटी की ये फालतू बाते हो गई है तो चलें अब?"

मैंने कमर पर भारी-भरकम बैग रखा और अपनी बेटी निशा की उंगली पकड़कर दरवाजे की ओर जाने लगा।

"रुकिए, मैं अपना मेकअप बॉक्स भूल गई।"

"ओह शालिनी। हम घूमने जा रहे हैं, किसी शादी में नहीं। और वैसे भी आपको मेकअप की जरूरत नहीं है। आप तो वैसे भी बहुत सुंदर है। मेरी हुस्न परी।"

मेरे यह कहते ही निशा हंस पड़ी। हम दोनों शालिनी की ओर देखकर हंसे जा रहे थे। तभी मेरी फोन की घंटी बजी।

रिंग... रिंग... रिंग...

शालिनी ने मुझे रोकते हुए कहा "नहीं। तुम फोन नहीं उठाओगे। हर बार यही होता है। तुम्हारे पास कोई ना कोई कॉल आ जाता है और फिर इस ट्रिप को कैंसिल करना पड़ता है।

"यह कॉल डी एस पी फौजदार का है। मुझे इसे पिक अप करना ही पड़ेगा। वरना मुझे जिंदगी भर के लिए उनसे छुट्टी मिल जाएगी और फिर मुझे आप की गुलामी करनी पड़ेगी, हमेशा के लिए। तो एक मिनट रुकिए जरा।" यह कहते हुए मैं साइड में चला गया।

"क्या? यस सर. मगर सर... ओके सर. ओके. थैंक यू सर." मैं वापस शालिनी के पास गया।

"'यस सर, नो सर, ओके सर' बस यही करते रहे हो तुम जिंदगी भर।"

"यहां तो मैं आपका गुलाम हूं। हम सबके लिए एक बड़ी खुशखबरी है। आपको यह जानकर बहुत खुशी होगी कि आपके पतिदेव का प्रमोशन हो गया है। उन्होंने मेरे काबिलियत देखकर मुझे अब इंस्पेक्टर बना दिया है।" यह कहते हुए मैं उसके एक हाथ को पकड़ कर उसे घुमाने लगा। वह भी बहुत खुश थी।

"रुकिए, निशा देख रही है।" उसने मुझे टोकते हुए कहा ।

वह बहुत खुश थी मगर अचानक उसकी हंसी रुक गई और उसने सीरियस होकर पूछा "क्या इस बार भी यह ट्रिप कैंसिल है?"

"मैं क्या कर सकता हूं शालिनी! डीएसपी साहब ने मुझे प्रमोशन दिलाया है। अगर मैं उन्हें मना कर देता हूं तो मेरा प्रमोशन रुक जाएगा। मेरे इतने सालों की मेहनत बर्बाद हो जाएगी। उन्होंने मुझे एक बेहद ही पेचीदा केस सॉल्व करने के लिए दिया है और मुझे उसे सॉल्व करना ही पड़ेगा किसी भी हाल में।"

"यह सारे केस तुम ही सॉल्व करते हो! क्या तुमने सबका ठेका ले रखा है? कोई और भी तो कर सकता है।" उसने गिलास में पानी भरते हुए कहा।

"शालिनी, तुम गुस्सा मत हो प्लीज। तुम्हारा चेहरा गुस्से में बिल्कुल अच्छा नहीं लगता।" मैंने उसके हाथ से गिलास का पानी लिया और उसे टेबल पर रख दिया। मैंने उसके दोनों कंधों पर अपने हाथ रखे और उसकी आंखों में आंखें डाल कर कहा "सिर्फ पंद्रह दिन। तुम मुझे सिर्फ पंद्रह दिन दो। यह गुलाम सोलवें दिन आपके पास हाजिर हो जाएगा। आपकी सेवा के लिए। हम पक्का अगली बार घूमने जाएंगे।"

"तुम पिछले दो ट्रिप भी कैंसिल कर चुके हो। तुम्हें याद है?" उसने मायूसी में कहा।

तभी पीछे से निशा की आवाज आई "पापा, क्या हम घूमने नहीं जा रहे?"

"हम जाएंगे बेटा, जरूर जाएंगे। मगर तुम्हारे पापा को एक बहुत बड़ा इनाम मिला है। और वही इनाम लेने उन्हें इस बार जाना पड़ेगा।" मैं फिर से घुटनों के बल उसके पास बैठ गया।

"इनाम तो लेना चाहिए मगर... ट्रिप?" उसने उतरे हुए चेहरे से कहा।

"हम चलेंगे, पक्का चलेंगे अगली बार। तुम्हें आइसक्रीम पसंद ना। मैं एक काम करता हूं। आज शाम को लौटते वक्त तुम्हारे लिए ठंडी-ठंडी आइसक्रीम लाता हूं। हम दोनों बैठकर खाएंगे। ठीक है?"

"हां, मुझे आइसक्रीम पसंद है, मगर अभी मुझे आइसक्रीम नहीं खाना। मुझे अपने बाकी दोस्तों की तरह घूमने जाना है।" उसका चेहरा रोने जैसा हो गया था। उसकी आंखों में पानी की कुछ बूंदे नजर आ रही

थी। मैंने शालिनी की और देखा।

1

आनंद के साथ एक मुलाकात

‘यह न्यूज़पेपर वाले कुछ भी छाप देते हैं। कल शाम को ही उस लड़की की मौत का पता चला और अभी मुझे खबर देखने को मिल रही है।’ मेरे पुलिस स्टेशन पहुंचने पर पाठक कुछ बडबडा आ रहा था। वह अखबार के दोनो सिरों को खोलकर पढ़ रहा था।

"देशभर में बस यही खबर फैल रही है। राजावत हाउस के मालिक बृजेश राजावत से बात करने पर हमें पता चल रहा है कि रघुवीर नामक एक शख्स कुछ दिन पहले व्यापार के सिलसिले में इनके घर में रह रहा था। मौका मिलने पर उसने उनकी पत्नी, बहू और बेटी की हत्या कर दी जिनमें से उनकी बहू को बड़ी ही बेरहमी से रस्सी से लटका कर मार दिया गया है। यह रेप केस है या मर्डर, यह तो पुलिस के छानबीन के बाद ही पता चलेगा! हमें उम्मीद है कि..." पाठक यह सब पढ़ ही रहा था कि उसने मुझे पुलिस स्टेशन में एंटर करते हुए देखा और उसने अपना अखबार फोल्ड कर लिया। वह कुर्सी से उठ खड़ा हुआ और अपने बाएं पैर को जमीन पर जोरदार मारा और दाहिने हाथ से सैल्यूट किया।

"अच्छा तो यहां अखबार पढ़ा जा रहा है। और वहां मैं अपनी बीवी की डांट खा कर आया हूं। पिछले दो बार ट्रिप कैंसिल कर चुका हूं।" मैंने पाठक से कहा।

पाठक मेरे कंधे पर लगी रैंक को देख रहा था। यह रैंक मैने पहले ही खरीद कर रखी हुई थी और डीएसपी फौजदार के कहने पर मैने इसे कंधे की स्ट्रिप में लगा लिया।

"अब किसका कैस सॉल्व करना है?" मैंने कहा।

"साहब, आप उस लड़की को जानते हैं आद्या। आपको याद होगा कुछ दिन पहले एक लड़की पुलिस स्टेशन में रिपोर्ट लिखवाने आई थी। वह कुछ सफेद आंखें और उसकी बच्चे के गायब होने की बातें कर रही थी। वह सब पागलों वाली जैसी बातें थी। आपने उसकी मदद करने से मना कर दिया था जब उसने आपसे सिक्योरिटी मांगी थी।"

"हां, मुझे याद आ रहा है। तुम राजावत हाउस की बहू की बात कर रहे हो। हम उसके घर भी गए थे।" मैं पास ही में पड़ी कुर्सी पर बैठ गया।

"साहब, चाय।" राजू चायवाला ने एक थरमस की बोतल में से एक प्लास्टिक के छोटे से कप में चाय डालते हुए कहा।

"ओह, गरमा गरम चाय। मैं तीन ही चीजें सबसे ज्यादा पसंद करता हूं एक गरमा गरम चाय, दूसरा महंगी सिगरेट और तीसरा सनसनी केस।" मैंने पाठक से वह अख़बार लिया और अपने दाहिने हाथ में चाय के प्याले को पकड़ लिया।

मैंने अखबार पढ़ते हुए कहा, "तो क्या हुआ उस लड़की के साथ? राजावत हाउस में क्या हुआ है? मुझे डीएसपी साहब ने बताया है कि वहां किसी का मर्डर हुआ है।"

साहब, उस लड़की को किसी ने बेरहमी से मारा है। वह राजावत हाउस में अब भी एक रस्सी से लटकी हुई है। ठीक घर के बीच हैं। ऐसा लगता है जैसे उसने सुसाइड किया है। आप देखिए यह न्यूज़..." कहते हुए उसने अपना फोन निकाला और उसे मेरे हाथों में पकड़ा दिया।

'हम ठीक राजावत घर के बाहर खड़े हैं। आप सब देख सकते हैं, यहां पर कितनी हलचल मची हुई है। घर के अंदर जाने की हमें अनुमति नहीं है। अंदर पुलिस है और वह इसी छानबीन कर रही है। हम राजावत हाउस के मालिक बृजेश राजावत से बात करते हैं।' न्यूज चैनल "हमारा भारत" में एक लड़की रिपोर्टर यह सब बातें बोल रही थी। और उसके आसपास जमा हुई भीड़ हम आसानी से देख सकते थे। भीड़ में जमा हुआ हर कोई

व्यक्ति अपनी अलग राय दे रहा था।

इसके बाद रिपोर्टर ने बृजेश राजावत की ओर माइक करते हुए पूछा, "आपको क्या लगता है ? मर्डर किसने किया है?"

बृजेश राजावत अपनों को खोने के गम में था और उसने भरी हुई आवाज में कहा, "रघुवीर शर्मा नाम का एक व्यक्ति हमारे घर में कुछ दिनों से रह रहा था। उसके साथ एक सरदार भी था। वह किसी व्यापार के सिलसिले में आए थे और मैंने उन्हें अपने घर में ठहरने के लिए कह दिया। वह कई दिनों से यहां ठहरे हुए थे। वह सरदार तो गायब है मगर पुलिस ने रघुवीर शर्मा को खूब करते हुए रंगे हाथ पकड़ा है। नमक हराम । जिस थाली में खाते हैं उसी में छेद करता है।"

"बंद करो यह सब बकवास!" वीडियो को पॉज करके मैंने वह फोन पाठक के हाथ में दे दिया। "यह न्यूज़ वाले एक तरह से मक्खियां है जो कहीं भी कुछ भी होने पर, किसी भी केस पर भिनभिनाने लगती है। ये अपना ध्यान आकर्षित करने के लिए झूठ पर सफेद चादर रखकर उसे संच साबित कर देते है। फिर सच नंगा होकर पूरी दुनिया घूम लेता है मगर कोई उसे नही पहचानता।"

मैंने जेल की सलाखों के पीछे बैठे एक व्यक्ति की ओर देखा। मैं उसकी सक्ल साफ पहचान पा रहा था "वह रघु है, अगर मैं गलत नहीं हू तो। राइट?"

"जी साहब, इसे हमारे पुलिसकर्मियों ने रंगे हाथ पकड़ा है। राजावत हाउस में मर्डर करते हुए। यह तो वहां से भाग जाता लेकिन वहां पुलिस सही वक्त पर पहुंच गई।"

"अच्छा! हमारे पुलिसकर्मी इतने एक्टिव कब से हो गए। चलो बढ़िया है। तुमने बहुत अच्छा काम किया।" मैंने तारीफ में कहा, "क्या तुम बता सकते हो, पाठक? रघु अभी क्या सोच रहा होगा? कितनी हलचलें होगी इसके दिमाग में।"

"साहब, यही कि अब उसे फांसी मिलेगी या उम्र भर कारावास! मर्डर केस में यही तो मिलता है।" पाठक ने कहा।

"नहीं पाठक! जब भी कोई व्यक्ति मर्डर रेप या कोई दूसरा क्राइम करता है तो उसके पीछे एक चीज होती है और वह चीज मोटिवेट करती

है उस व्यक्ति को वह क्राइम करने के लिए।

"क्या?"

"कहानी। जैसे हर एक व्यक्ति की कहानी होती है वैसे हर एक क्रिमिनल की भी कहानी होती है। अगर किसी ने किसी का रेप किया है या मर्डर किया है, तो क्रिमिनल की कहानी के किसी पार्ट में कुछ ऐसा हुआ होता है जिसने उस क्रिमिनल को वह क्राइम करने पर मजबूर किया है या फिर उसके वर्तमान में वह ऐसे संगति में रहा है जिसने उसको ऐसा करने के लिए प्रेरित किया है। एज सिंपल एज इट इज।"

"एक चोर चोरी करता है उसके पीछे क्या कहानी है, साहब?" पाठक ने मेरे सिंपल वर्ड को कॉम्प्लेक्स करने के लिए पूछा।

"वहां है। या तो पास्ट में पैसों की कमी या वर्तमान में गलत संगति।" मैंने अपनी बात पूरी करते हुए कहा, "मुझे अभी बागडोगरा पुलिस स्टेशन में पोस्टिंग आए हुए केवल आठ महीने हुए हैं और मैंने तकरीबन पच्चीस केस सॉल्व कर दिए है। मैं ऐसे लोगों के रंग रंग से वाकिफ हूं।"

"यह एक बढ़िया रिकॉर्ड है, साहब। तभी तो आप की वर्दी में इतने जल्दी तीन स्टार लग चुके हैं" पाठक ने कहा, जैसे ही उसने एक बार फिर मेरी रैंक को देखा।

"तीन स्टार और नीचे दो पट्टियां, लाल और नीले रंग में, शीर्ष पर लाल पट्टी और नीचे नीली पट्टी के साथ।" मैंने पाठक को अपनी पूरी रैंक का परिचय दिया।

"जी साहब। मैं आपके साथ पच्चीस में से पांच केस में काम कर चुका हूं। एक फेमस कहावत है—पूत के पाँव पालने में ही नजर आ जाते हैं। मुझे तो पहले ही पता चल गया था कि आप अपनी रैंक अपनी बुद्धिमानी से केस सॉल्व करके इतनी जल्दी ही बढ़ा लेंगे। डीएसपी साहब आपकी काबिलियत और काम से बहुत खुश थे।

"मुझे याद है। वह पहला केस। सिलीगुड़ी में हुए पति का मर्डर। उसकी पत्नी ने उसे कितनी बेरहमी से मारा था और एक मनघड़त कहानी तैयार कर ली थी। मगर आपने मात्र तीन दिन में असली मुजरिम, उसकी पत्नी, को पकड़ लिया था। वह शातिर थी मगर आपका दिमाग शार्प।" पाठक ने मेरी तारीफ में फिर कुछ चंद शब्द कहे।

"ठीक है, ठीक है... इस छठवें केस में भी तुम ही मेरे साथ काम करने वाले हो। इतना पानी मारने की कोई जरूरत नहीं।" मैंने मुस्कुराते हुए कहा।

"थैंक्यू साहब।" पाठक ने कहा।

मैने धीरे-धीरे अपने कदम जेल की ओर बढ़ाएं जहां आनंद अपना सर घुटनों पर अपना सर डाउन किए हुए बैठा था। पाठक ने जेल का दरवाजा खोला और मेरे लिए अंदर एक कुर्सी रख दी।

मैं कुर्सी पर बैठा था और पास में खड़ा था एक बड़ा सा डंडा लिए पाठक। पाठक ने अपना डंडा दो बार जमीन पर मारा और आनंद ने अपना सर ऊपर किया।

उसके घुंघराले बाल और गंदी ड्रेस वह बिल्कुल पागल सा लग रहा था। ऐसा लग रहा था कि वह किसी सदमे में है। मैं उससे पहले भी मिल चुका था।

मैंने उसकी तरफ अपना हाथ बढ़ाया। उससे हाथ मिलाने के लिए। तभी आसमान में एक जोरदार गरज के साथ बिजली चमकी।

यह बिजली बिल्कुल उस रात की तरह थी। उतनी गरज। उतने ही डरा देने वाली।

रात का समय था और तकरीबन रात के बारह बजे थे। बिल्कुल शांत वातावरण में बरसात की बूंदों की आवाज साफ सुनाई दे सकती थी।

राजावत हाउस बहुत बड़ा बंगला है। एक सुंदर और एक बड़ा सा नेम प्लेट बाहर लगा हैं 'राजावत हाउस'। रात का माहौल है और उस परिवार के सभी सदस्य सो रहे हैं सिवाय एक के—आद्या। आद्या राजावत हाउस के दो बहूओ में से एक है। कुछ महीने पहले उसके पति की मौत हो गई थी और अब वह अकेले अपनी छ साल की बेटी प्रिया के पास सो रही है।

बिजली की तेज गड़गड़ाहट आद्या के दिल की धड़कनों को और तेज कर रही है। वह अपनी बेटी प्रिया को लगातार देख रही है। आद्या को

पिछले पांच दिन से नींद नहीं आ रही। उसकी बेटी प्रिया उसके पास ही बगल में बेड पर सुंदर ख्यालों में खोई हुई गहरी नींद में है।

एक पल के लिए आद्या भी उसे देखे जा रही थी, और एक हल्की सी मुस्कुराहट उसके चेहरे पर आ गई। वह अब भी मुस्कुरा रही है और बेड पर दाहिने कंधे के सहारे लेटी हुई है। उसकी आंखें प्रिया की बंद आंखों को देख रही है एक टक लगातार। प्रिया का हाथ आद्या के हाथ पर जा गिरा और उसने आद्या की तर्जनी उंगली को कस कर पकड़ लिया। आद्या मन ही मन मुस्कुराई और उसने प्रिया के माथे को चुम्मा।

अचानक तेज हवा से खिड़की के हिलने की आवाज आने लगी। उसने सारे दरवाजे और खिड़कियां बंद कर रखे थे। कुछ ही क्षण में उसकी मुस्कुराहट एक डर में बदल गई। एक भयंकर डर। जो उसको जगे रहने के लिए हर रात मजबूर करता था।

उसने प्रिया का हाथ कसकर पकड़ लिया और अपनी आंखों को पूरी तरह से प्रिया पर टिकाए रखा।

कमरे में एक मेज पर रखा बर्तन नीचे जा गिरा। गोल-गोल घूमता फर्श पर काफी देर तक चलता रहा। इतनी भारी बरसात में बर्तन की आवाज उसे साफ सुनाई पड़ रही थी। आवाज उसकी धड़कनों को तेज कर दी जा रही थी।

कुछ देर बाद सब शांत हुआ। बर्तन जमीन पर जाकर ठहर गया। मगर आद्या की हिम्मत नहीं थी कि वह उठ कर उसे वापस मेज पर रख दे।

कमरे में बिजली नहीं थी। लगभग पंद्रह मिनट भी चुके थे। बिल्कुल शांत वातावरण। सिर्फ बरसात की बूंदों की आवाज सुनाई दे रही थी। खिड़की ने भी अब अपने आप को जकड़ लिया था। बिना किसी कंपन के। एकदम शांत।

'वो चला गया है' सोचते हुए आद्या ने एक गहरी चैन की सांस ली।

अपनी नजरें हटाते हुए आद्या ने खिड़की की ओर देखने की हिम्मत की। वहां पर कोई नहीं था। खिड़की बिल्कुल बंद थी और अब भी शांत थी।

आद्या ने एक बार फिर हिम्मत की और खिड़की की ओर देखा। वह वहां खड़ा था। कमरे में पूरी तरह से अंधेरा होने की वजह से उसकी केवल सफेद आंखें दिखाई दे रही थी। इसके जूते से लेकर पैंट, शर्ट, कोट और टोपी सबकुछ काला था। आद्या की आंखें उन सफेद आंखों पर टिक गई, और एक बार फिर दिल की धड़कनों ने शोर मचाना शुरू कर दिया।

अचानक उसे प्रिया के बारे में याद आया और उसने प्रिया की ओर देखा।

प्रिया गायब थी। वह खिड़की के पास की उन दो सफेद आंखों को देखते-देखते भूल गई थी कि कब उसका प्रिया से हाथ छूट गया।

एक फेमस पंक्ति मेरे दिमाग में आ रही है जो कहती है—नजर हटी दुर्घटना घटी। किसी पर नजर रखना मुस्किल नहीं है जबकि उस पर नजर टिकाए रखना मुश्किल है।

प्रिया को वहां से गायब पाते ही आद्या ने एक बार फिर खिड़की की तरफ देखा, सफेद आंखें अब वहां से गायब थी। वह घबराई हुई अपने फोन को ढूंढ रही थी। बेड पर पड़े फोन पर उसका हाथ लगा और वह नीचे जा गिरा।

पास ही में पड़ी एक माचिस उसके हाथ लगी। उसने उसमे से एक तीली निकली और उसके टिप को माचिस बॉक्स के खुरदुरे सतह पर घिसा। जैसे ही तीली के टिप पर आग लगी कमरे में बिजली आ गई और कमरा रोशनी से भर गया।

उसने जल्दी से नजर घुमाकर अपने बेड की ओर देखा। वहां प्रिया ठीक वैसे ही सो रही थी जैसे कि उसने पहले उसे देखा था। बिल्कुल शांत। गहरे ख्यालों में खोए हुए।

रात के तकरीबन एक बजे थे।

यह आद्या के लिए कोई नया अनुभव नहीं था। पिछले पांच दिनों से उसके साथ यही हो रहा था। रात को किसी समय बिजली चली जाती थी और उसे वही सफेद आंखें नजर आती। जब वह अपने बेड के पास देखती तो प्रिया वहां से गायब मिलती। कमरे में रोशनी आने पर प्रिया बेड पर उसी तरह सोई मिलती जैसे वह पहले से रही होती थी। उन सफेद आंखों ने उसकी की नींद उड़ा रखी थी, उसकी आंखें में अब लाल निशान साफ

दिखाई पड़ने लगे थे।

उसने यह बात अपने परिवार वालों को भी बताई, हर किसी को लगने लगा था कि वह पागल हो गई है।

वह पहली रात जब उसके साथ यह सब हुआ, वह जोर से चिलायी। घर के बाकी लोग दौड़कर उसके पास कमरे में गए। कमरे में बिजली आई और प्रिया बेड पर आराम से सो रही थी।

इन सब घटनाओं के बाद वह खुद यह सोचने पर मजबूर हो गई थी कि क्या वह असल में पागल हो चुकी है! क्या यह एक बुरा सपना था?

बचपन में अक्सर यह हुआ करता था कि जब वह भूल से अपनी छाती पर नींद में हाथ रख कर सो रही होती तो वह अचानक जाग उठती और उसे पता चलता है कि उसने एक बुरा सपना देखा है।

मगर यह ऐसा अनुभव नहीं था। इनफैक्ट उसने तो कई रातों से ढंग से नींद ही नहीं ली थी। तो क्या वह पागल हो चुकी थी?

'नहीं मैं पागल नहीं हूं' आद्या ने मन ही मन बड़बड़ाया और प्रिया के गाल पर अपना हाथ रखकर उसे सहलाया। उसकी आंख से एक बूंद उसके बेड पर जा गिरी।

उसे विश्वास था कि पुलिस उसकी मदद जरूर करेगी। सुबह जब वह अपनी बेटी प्रिया को स्कूल छोड़ने जा रही थी तो उसे स्कूल छोड़कर पास ही के पुलिस स्टेशन निकल गई। सिलीगुड़ी पुलिस स्टेशन।

बाहर दो हवलदार कुर्सी पर बैठे चाय पीते हुए गप्पे मार रहे थे।

"अरे सिग्गा, चाय कितनी घटिया बनाता है यह राजू! तुम्हारी भाभी मस्त चाय बनाती है। उसके हाथ की चाय पीकर तो सारी थकान छूमंतर हो जाती है"

"रहने दीजिए, गुप्ताजी। मैं आपकी पत्नी का कोई खबरी नहीं हूं जो उनको जाकर बताऊंगा कि आप उनकी तारीफ कर रहे थे। ऐसी तारीफ तो उनके सामने किया कीजिए। जरूर कुछ फायदा होगा। घर में ज्यादा खुश रहेंगे आप।"

"चुप कर साले। क्या क्या बकता रहता है फालतू में ही!"

"हेलो!"

"यह तेरी आवाज लड़की जैसी कैसे हो गई सिग्गा?"

"यह मैं हूं। आद्या राजावत। मुझे रिपोर्ट लिखवाना है," आद्या ने कहा।

आद्या को देखकर पुलिस कांस्टेबल ने दीवार पर रखा डंडा दोनों हाथों के बीच में लिया और बोला, "ओह, माफ करना। मैंने आपको देखा नहीं।"

"मुझे रिपोर्ट लिखवानी है।" उसने फिर अपनी बात रिपीट की।

"आज हमारे साहब पुलिस स्टेशन में उपस्थित है। आपका भाग्य है। उन्हें अपनी समस्या बताइए। उन्होंने बड़े बड़ों की समस्या दूर की है।" पुलिस कांस्टेबल ने कहा और सिगरेट जला कर बैठ गया।

पुलिस स्टेशन के अंदर आद्या ने कई ट्रैक बोड्र्स देखें। जो कुछ इस प्रकार थे-

"दिन हो या रात, धूप हो या बरसात

आपकी सेवा के लिए है पुलिस आपके साथ"

"सैकड़ों अकलमंद मिलते हैं काम के लोग चंद मिलते हैं

जब मुसीबत आती है, पुलिस के सिवाय सभी के दरवाजे बंद मिलते हैं"

यह वाकई में आकर्षित करने वाले शब्द थे और आद्या ने अब तक अपना मन बना लिया था पुलिस के साथ वह सब कुछ शेयर करने का जो उसके साथ पिछली पांच रातों से हो रहा था।

"हम्म... तो आपका कहना है कि दो आंखें अंधेरे में आपकी बेटी," मैंने कहा, "क्या नाम बताया आपने?"

"प्रिया," उसने जवाब दिया।

"हां, प्रिया! वह दो आंखें अंधेरे में आपकी बेटी प्रिया को गायब कर देती है, जब कमरे में बिजली आ जाती है तो आपकी बेटी वापस बेड पर आपको मिलती है।" आद्या की बात सुनकर मैनें कहा।

"हां, आपने सही कहा।" आद्या खुश हुई कि उसकी बात को समझा है।

"और आप चाहती है कि मैं यह रिपोर्ट उन दो आंखों के खिलाफ लिलूं जो आपकी बेटी को सिर्फ अंधेरे में गायब करती है, रोशनी आने पर वह आपको आपकी बेटी लौटा देती है।" मैंने थोड़ी ऊंची आवाज में कहा।

"आप मुझे समझने की कोशिश नहीं कर रहे— "

"समझने की कोशिश आप कीजिए मिसेज़ आद्या राजावत! आप की दिमागी हालत ठीक नहीं है। आप गलत जगह पर आइ है। यह पुलिस स्टेशन है अस्पताल नहीं।" मैने चिल्लाते हुए कहा, "बेहतर होगा अगर आप अस्पताल जाकर किसी अच्छे डॉक्टर से अपना इलाज करवा ले। जितनी जल्दी आप अस्पताल जाएगी उतना ही आपके और आपके दिमाग के लिए बेहतर होगा।"

"मैं आपसे मदद मांगने आई हूं और आप— "

"देखिए मैडम! सुरक्षा और मदद देना हमारा फर्ज है। मगर हम केवल उन्हीं को सुरक्षा प्रदान कर सकते हैं जिनके साथ असल में घटनाएं घटी है। आप अगर काल्पनिक घटनाएं बताएगी तो इससे सिर्फ हमारा वक्त जाया होगा।"

"मैं आपको पहले ही बता चुकी हूं। वह रोज मेरे घर आता है और मेरी बेटी को बेड पर से गायब कर देता है।" उसकी आवाज में दर्द था और आंखों में आंसू। मगर कहानी बिल्कुल काल्पनिक मालूम होती थी।

"वो कौन?" मैंने उसके पास होते हुए बिल्कुल धीमी आवाज के कहा।

"मुझे नहीं मालूम। वो कौन है। मैं सिर्फ इतना जानती हूं कि मुझे सिर्फ उसकी वो दो सफेद आंखें दिखाई देती है।"

"प्लीज..." मैंने दरवाजे की ओर इशारा करते हुए उसे समझाया कि उसे यहां से चला जाना चाहिए।

आद्या समझ चुकी थी कि उसे यहां से कोई मदद नहीं मिलेगी। वह कुर्सी से उठी और बाहर जाने लगी।

चार कदम आगे जाने के बाद उसके कदम रुक गए और उसने फिर से उन ट्रैक बोर्ड्स की ओर देखा।

वह पीछे मुड़ी और उसने मुझसे कहा," आपने सही कहा ,साहब। मैं गलत जगह अपनी समस्या लेकर आ गई। एक काम करिए। यहां एक और टैग बोर्ड लगवाइए और उस पर लिखवा दीजिए: अगर आप एक काल्पनिक लगने जैसी कोई घटना कोई असल घटना लेकर आते हैं तो आप यह उम्मीद मत करिएगा कि पुलिस आपकी मदद करेगी।"

आद्या तो चली गई मगर उसकी बातों ने मेरे दिल पर एक बड़ा घाव किया। मैंने पहली बार दिमाग से ज्यादा दिल को महत्व दिया। और मैं उसकी कही बातों पर चिंतन करने को मजबूर हो रहा था। उसकी काल्पनिक कहानी एक भविष्य में होने वाली एक असल घटना की ओर संकेत कर रही थी। और एक काबिल पुलिस इंस्पेक्टर होने के नाते मुझे उसकी मदद करनी चाहिए ।

इसलिए अगले ही दिन मैं उसके द्वारा लिखे हुए पते पर पहुंच गया—राजावत हाउस।

इस पर एक बड़ा नेम प्लेट लगा था। यह एक बड़ा बंगला था और एक शानदार और सुंदर भी। देखकर लगता है कि इस घर के लोग काफी अमीर होगे। उन्होंने अपने घर को मेंटेन कर रखने का बड़ा शौक है। उनके घर के बाहर के गार्डन में लगे फूलों से खुशबू आ रही थी और पास में लगे पेड़ की पत्तियों से ठंडी ठंडी हवा जो कि दिमाग को शांति प्रदान करने जैसी थी। सुबह का वक्त था और माली पौधों में पानी डाल रहा था। सुबह-सुबह राजावत घर में पुलिस को देखकर माली घबरा गया था और उसने अपने पानी की बोतल को नीचे रख दिया। एक हाथ की हथेली खोलकर अपनी आंखों के ऊपर वाले भाग पर रखा और देखा कि क्या सच में यहां पुलिस खड़ी है!

"पुलिस!" घर का दरवाजा खोलते ही सामने खड़ी एक महिला चौंक गई। शायद वह उस घर की दूसरी बहू थी।

"घबराइए मत।" मैंने घर में प्रवेश करते हुए कहा। "हम यहां किसी की मदद करने के लिए आए हैं।"

"इस घर में किसी को कोई मदद नहीं चाहिए। पुलिस से तो बिलकुल नहीं।" पीछे से एक वृद्ध व्यक्ति की आवाज आई।

यह राजावत हाउस का मालिक बृजेश राजावत था। थोड़े सफेद बाल और माथे पर सिकंज। वह भले ही साठ साल का लगने वाला एक बुड्ढा व्यक्ति था और जिस उम्र में उसे शरीर पर सफेद कपड़े और कमर पर एक भूरा चादर डालकर सोफे पर बैठा रहना चाहिए था उस उम्र में उसने कोट और पैंट पहन रखे थे और गले में एक सफेद कलर की टाइ लगा रखी थी। ऐसा मालूम होता है कि वह किसी काम के लिए जा रहा है।

शायद उसका कोई बिजनेस है और वह ऑफिस जा रहा है। उसके पीछे उसका छोटा बेटा खड़ा था महेश। उनके दो बेटों में से एक। एक की कुछ ही महीने पहले मौत हो चुकी थी। हमें देखकर घर के सारे लोग इकट्ठा हो गए।

"आपकी बहू आद्या कल पुलिस स्टेशन आई थी, "मैंने पीछे मुड़ते हुए कहा। "वह बता रही थी कि उनकी बेटी रात में गायब हो जाती है। वो सफेद आंखें -"

"नहीं हमें कोई मदद नहीं चाहिए। बेहतर होगा आप यहां से चले जाएं।" बृजेश ने मेरी बात को बीच में काटते हो कहा।

"एक सलाह मैंने आपकी बहु को दी थी कल, बाद में मुझे महसूस हुआ कि मैं गलत था। और आज आप मुझे सलाह दे रहे हैं यहां से जाने की, मुझे यकीन है आपको बाद में महसूस जरूर होगा कि आप गलत थे।"

"मुझे आपकी बात समझ में नहीं आती। मुझे मेरे घर में कोई पुलिस का मामला नहीं चाहिए। कृपया करके यहां से विदा लीजिए।"

"चला जाऊंगा। क्या आप घर आए मेहमान को पानी भी नहीं पिलाते!" कहते हुए पास में पड़े एक गद्दे के सोफे पर बैठ गया।

बृजेश ने अपनी बहू को मेरे लिए पानी का गिलास लाने के लिए कहा।

मेरे हाथ में पानी का गिलास था। और मेरी नजरें ठीक सामने कमरे से निकलती हुई आद्या पर पड़ी।

"तुम यहां क्या कर रही हो! अपने कमरे में जाओ।" बृजेश ने उसे थोड़ी धीमी स्वर में कहा।

मैंने अपना मुंह पर लगे गिलास को टेबल पर रखा और कहा "ना ना। रुकिए। आप यहां आइए।"

आद्या मेरे सामने आकर खड़ी हो गई। मुझसे कुछ दूरी बनाए हुए और बृजेश के पीछे।

"मुझे यकीन है आप मुझे जानती है। कल आप मुझसे मिली पुलिस स्टेशन में। आप उन दो सफेद आंखों के बारे में बात कर रही थी, आप बता रही थी कि आपकी बेटी रात के अंधेरे में गायब हो जाती है। क्या आप मुझे बता सकती है उसके बारे में?" मैंने कहा, "मैं आपकी मदद करने के

लिए आया हूं। आपको घबराने की कोई जरूरत नही है। आप मुझे साफ साफ बता सकती है कि आपके साथ क्या हो रहा है?"

मगर उसकी आवाज तक नहीं निकली। शायद इसलिए की बृजेश वहा खड़ा था। उसका ससुर।

मैंने फिर से उससे पूछा, "क्या आप कल हमारे पुलिस स्टेशन में मदद मांगने के लिए नहीं आई थी?"

उसने एक नजर बृजेश की और देखा। उसने अपनी गर्दन हिलाई। नहीं। मुझे पता है वह अपने मन से नहीं बोल रही थी और उसे मदद चाहिए थी।

"मुझे लगता है कि आपको अपना जवाब मिल गया, इंस्पेक्टर साहब। अब आप खुद ही यहां से जाएंगे या मैं आपको दरवाजे तक छोड़ दूं।" बृजेश ने अपनी आवाज में दम लाते हुए कहा।

"क्या आप सच में मदद नहीं चाहती? देखिए मैं आपकी मदद कर सकता हूं।" मैंने एक बार फिर उनकी आंखों में देखते हुए पूछा। मगर फिर उसने ना में गर्दन हिला दी।

"घबराईये मत। मैं यहाँ— " मैंने बस इतना ही कहा था की बृजेश के सब्र का बांध टूट गया।

उसने दांत पीसते हुए कहा, "क्या आपने सुना नहीं! आप बिना कारण किसी के घर में पूछताछ के लिए नहीं घुस सकते। मैं फिर से आपको सलाह दे रहा हूं आप यहां से चले जाइए।प्लीज..."

मैंने एक बार फिर से आद्या की तरफ देखा इस आस में कि वह कुछ बोलेगी। मगर वह शांत खड़ी थी बिल्कुल एक मूरत की तरह और मैं जाने लगा।

"यह कौन है?" तीसरे कमरे के बाहर खड़ा होकर एक व्यक्ति यह सब देख रहा था तो मैंने पूछा।

"यह किसी बिजनेस के सिलसिले में कल शाम को आए थे तो मैंने इनको अपने घर रुकने के लिए कह दिया। इसका नाम रघु है।" बृजेश ने कहा।

"आपने इसे कितने दिन घर पर रुकने के लिए कहा है?" मैंने पूछा।

"यह आपको जानने की जरूरत नहीं है। आपको अपने काम से काम रखना चाहिए।" बृजेश ने फिर एक सलाह दी।

"मेहमान जब उतने दिन से ज्यादा घर में रह जाता है जितने दिन सामान्यता एक मेहमान को घर में रहना चाहिए तो या तो वह उस घर का हिस्सा बन जाता है या फिर उस घर को बर्बाद कर देता है" यह कहते हो यह मैं रघु के पास चला गया।

मैंने रघु की ओर हाथ बढ़ाते हुए कहा, "हाय! पुलिस इंस्पेक्टर विवेक उपाध्याय। मैं तुम्हारा केस हैंडल कर रहा हूं।"

"क्या आप मेरे वकील है जो मेरा केस हैंडल करेंगे! " जेल में पड़े रघु को अब भी मजाक सूझ रहा था या फिर वो इसलिए बोल रहा था क्योंकि वो एक गहरे सदमे से अभी अभी बाहर आया था।

"तुमने शायद सुना नहीं और इस वर्दी को पहचानने से तुम इनकार करना चाहते हो। मैं एक पुलिस इंस्पेक्टर हूं।" मैंने फिर कहा।

"तो यह कहिए कि आप मुझे Aadya के मौत का दोषी ठहराने आए है।"

रघु जेल में बैठा था। मैं कुर्सी पर बैठा था और पाठक के हाथ में एक डंडा था। यह काफी था उससे संच उगलवाने के लिए मगर उसमे कोई डर नजर नहीं आ रहा था। इसके बजाय वह मेरी बात का उल्टा जवाब दे रहा था।

"तो क्या तुमने वह कत्ल नहीं किया आनंद मिश्रा?" मैंने कहा।

"ओह, तो आप मेरा असली नाम जानते हैं। "

"मुझे तो तुम पर उसी दिन शक हो गया था जिस दिन मैंने तुम्हें पहली बार उस राजावत हाउस में देखा था। मैंने फिर बहोत जांच पड़ताल की और मुझे पता चला कि तुम्हारा नाम रघु नहीं बल्कि आनंद मिश्रा है। इस बात ने मेरे शक को और गहरा कर दिया।"

आनंद ने मेरी और एक नकली मुस्कुराहट के साथ देखा और कहा, "क्या आपने मुझे कत्ल करते हुए देखा था? "

तुम अभी जेल में हो और उस समय उन तीन लाशों के पास उस घर में हाथ में बंदूक लिए सिर्फ तुम ही मौजूद थे। जाहिर है, यह कत्ल तुमने ही किये हैं।" मैंने कहा।

"एक रेगिस्तान में खड़े हैं और पिछले दो दिनों से आपके गले में पानी की एक बूंद तक नहीं गई है। बहुत दूर मैं खड़ा हूं जहां आपको पानी का एक तालाब दिखाई पड़ता है। जब आप मेरे पास आते हो तो आपको वह तालाब वहां से गायब मिलता है।

"क्या पानी का गायब होने का दोष आप मुझ पर लगाएंगे? या आप यह कहेंगे कि तालाब का सारा पानी में पी गया था क्योंकि वहां सिर्फ में मौजूद था। दूर पानी दिखना सिर्फ आपका भ्रम था और क्योंकि वहां मैं उपलब्ध था आपको मौका मिल गया मुझ पर आरोप लगाने। हर बार वह सच नहीं होता जो हम देखते हैं।" उसने कुछ देर चुप रहा और फिर कहने लगा, "मैं भले ही उसे नफरत करता था मगर मैं उसे मार नहीं सकता। वह मेरी गर्लफ्रेंड थी।"

मैंने चौंकते हुए पूछा, "क्या! आद्या तुम्हारी गर्लफ्रेंड थी? मगर वह तो शादीशुदा थी। क्या तुम्हारा एक शादीशुदा लड़की के साथ चक्कर चल रहा था?"

"नहीं। ऐसा नहीं है। यह एक लंबी कहानी है। आद्या असल में आद्या है ही नहीं। उसका असली नाम जेबा भक्तियार है। वह एक मुसलमान है।"

आनंद की यह बातें चौका देने वाली थी। मैं उसकी वह लंबी कहानी को जानने के लिए उत्सुक था मगर आध्या और बाकी दो महिलाओं की बॉडी राजावत हाउस में पड़ी थी और मुझे वहां जाना था।

"यह कहानी में वापस आकर सुनुगा। फिलहाल मैं राजावत हाउस जा रहा हूं। शायद तुम्हारी प्रेमिका के कातिल का कोई सुराग मिल जाए या फिर यह पता चले कि तुम ही उसके कातिल हो।" मैंने जेल का दरवाजा खोला और पीछे मुड़ते हुए आनंद को कहा, "मुझे आशा है कि तुमने उस लड़की को नहीं मारा है।"

2

डायरी एक कहानी बताती है

राजावत हाउस के बाहर वाकई में बहुत भीड़ जमा थी। हालांकि कुछ लोगों को यह तक नही पता होता कि लोग यहां क्यों जमा है या कौन मरा है, वो वहां खड़े बाकी लोगों में जाकर मिल जाते है और एक भीड़ का निर्माण हो जाता है। एक विशाल भीड। लेकिन अभी भी कंट्रोल्ड। और इस कंट्रोल्ड भीड़ को उनकंट्रोलड भीड़ में बदलने का काम करती है: मीडिया।

"आपको क्या लगता है, क्या यह कत्ल बृजेश राजावत के कहे मुताबिक रघुवीर ने किया है? क्या आप इस कत्ल की तह तक पहुंच पाएंगे? क्या आपको कुछ पता चला है यह कत्ल किसने किया है? रघु को क्या सजा मिलेगी?" मीडिया की भिनभिनाती मक्खियां मुझ पर टूट पड़ी और मैं उन्हें हटाता हुआ आगे बढ़ा बिना उनके किसी भी सवाल का जवाब दिए।

"तुमने किसी को लाश के पास तो नहीं आने दिया? कोई अंदर तो नहीं गया?," मैंने वहां खड़े एक कॉन्स्टेबल से पूछा।

"जी नहीं साहब। यह घर पूरी तरह से सील कर दिया गया। हमने आपके कहे अनुसार इस घर को चारों तरफ से घेर रखा है। किसी को अंदर जाने की अनुमति नहीं है," कांस्टेबल ने जवाब दिया।

"गुड," कहते हुए मैने घर में प्रवेश किया।

आद्या ठीक वैसे ही लटक रही थी। गर्दन एक दिशा में किए हुए। दो औरत जमीन पर पड़ी थी। वो मर चुकी थी और उनका खून काला पड़ चुका था, यह जमीन पर एक गहरा लाल धब्बा बना चुका था। उनकी बॉडी से बहुत तेज बदबू आ रही थी, मैंने अपने जेब से अपनी रुमाल निकाल कर मुंह पर बांधी।

"लाश के पास कोई नहीं जाएगा इसे फॉरेंसिक ऑफिसर और उसकी टीम आकर उतारेगी," मैंने मेरे साथ अंदर आए हुए तीन कॉन्स्टेबल से कहा। "तुम लोग सब कमरों की तलाशी लो। कुछ ना कुछ सबूत जरूर मिलेगा हमें।"

वह तीनों कांस्टेबल कमरों की छानबीन के लिए अलग-अलग कमरों में चले गए। मैं लाश के आसपास की चीजें देखने लगा। लाश के पैर, उसकी मुड़ी हुई गर्दन, हाथों की स्थिति और कपड़ों की हालत। उसके पास पड़ा वह सोफा और बाकी सामान की हालत। सब सामान अपनी जगह पर था। सबकुछ वेल मेंटेंड था। ऐसा लग ही नहीं रहा था कि यहां कोई कत्ल हुआ है। बहुत देर तक इधर-उधर देखने पर सोफे के ऊपर रखे एक तकिए के किनारे एक फोन पड़ा मिला।

"कुछ मिला?" मैंने आवाज लगाई।

"नहीं साहब!" वो अभी भी ढूंढ रहे थे।

मैंने अपने जेब से ग्लव्स निकालें और अपने हाथ में पहन लिए। मैं अपनी पॉकेट में हमेशा ग्लव्स रखता हूं। इनकी कभी भी जररूत पड़ सकती है। उस फोन में गैलरी में मिला सबसे पहला वीडियो मैंने ओपन किया।

"मैं आद्या सिवम राजावत। मुझे पिछले छ दिनों से कुछ अजीब सी सफेद आंखें रात को दिखाई देती है। और तब मेरी बेटी को मैं गायब पाती हूं। मैंने उसके बारे में पुलिस को भी बताया मगर उन्होंने मेरी कोई मदद नहीं की। मुझे नहीं पता कि यह मेरे साथ क्या हो रहा है! शायद मैं पागल हो चुकी हूं, अगर अब तक नहीं हुई तो ऐसी और घटनाएं होने पर मैं पागल जरूर हो जाऊंगी। मैं इस तरह से डर में और नहीं जी सकती। मैं अपने पूरे होश में कहना चाहती हूं कि मैं आत्महत्या कर रही हूं। इसमें

किसी की कोई जबरदस्ती नहीं है।"

यह बारह सेकंड की एक वीडियो क्लिप थी। शायद इसके बाद उसने यह फोन तकिए के पास रखा और पंखे पर लटक कर अपनी जान दे दी।

मगर फिर उन दो महिलाओं का मर्डर किसने किया? आनंद ने बताया था कि आद्या उसकी गर्लफ्रेंड थी। मैंने ऐसे कई केस देखे है जिनमे लवर्स में झगड़ा हो जाता है, झगड़ा इतना बढ़ जता है कि उनमें से एक किसी को मार डालता है।

लेकिन उसने एक वीडियो क्लिप रिकॉर्ड करके साफ साफ बताया है कि वह सुसाइड कर रही है और इसके लिए कोई जिम्मेदार नहीं है।

मगर वह दोनों महिलाएं तब कहां थी जब आद्या सुसाइड कर रही थी। यह सारे सवाल मेरे दिमाग में गूंज रहे थे और मैं उत्सुक था इनका जवाब पाने के लिए। इन सवालों का जवाब सिर्फ मुझे एक व्यक्ति देख सकता था—आनंद मिश्रा। वही अकेला मेरे पास पुलिस स्टेशन में था जो मुझे बता सकता था कि उस शाम क्या हुआ था। क्योंकि वह पहला व्यक्ति था जिसे पुलिस ने पहली बार लास के देखा था। मैंने अपनी गाड़ी ली और पुलिस स्टेशन निकल गया।

पाठक गहरी नींद में था। डंडे पर दोनों हाथ और उस हाथ पर अपना सर रखे हुए। मैंने चारों ओर अपनी नजर घुमाई। मेरी नजर जेल की उस चार दीवारी की ओर गई जहां पर आनंद को रखा गया था। आनंद वहां से गायब था। वह भाग चुका था। वहां बचा था तो सिर्फ एक पानी का मटका, बासी रोटी, दाल चावल रखी हुई एक थाली और दीवार पर बना एक अजीब सा आदमी का चित्र जो शायद पहले किसी के पागल कैदी ने इस दीवार पर बनाया था।

"पाठक!" मैं इतनी तेज आवाज में चिल्लाया कि अचानक उसकी नींद खुली और वह उठ खड़ा हुआ। वह अपने सपने से बाहर आया हुआ और हकीकत देख दंग रह गया।

"आनंद कहां है?" मैंने पूछा। हड़बड़ाहट में वह जेल की सलाखों के पास गया और उस पर लगे ताले को देखने लगा। उसने उसे छूकर थोड़ा ऊपर उठाया।

"साहब, मैं ताला लगाना भूल गया था। और मुझे पता ही नही चला कब मेरी आंख लग गई।" पाठक की आवाज धीमी पड़ गई थी और वो अब भी उस ताले को पकड़े हुए था।

"अपनी बकवास बंद करो पाठक! तुम इतनी बड़ी गलती कैसे कर सकते हो! ताला नहीं लगाया और आराम से खर्राटे मार रहे हो! तुम्हें अपनी ड्यूटी याद नहीं?" मैं बहुत गुस्से में था और यह स्वाभाविक था। मैं एक उम्मीद लेकर आया था कि आनंद मुझे उस शाम हुए कत्ल के बारे में कुछ बता पाएगा। मगर अब आनंद ही मेरे पास नहीं था।

"माफ़ी साहब, रात को मच्छरों की वजह से लेट हो पाया था तो— "

"यह बकवास बंद करो। पाठक, मुझे एक्सक्यूज नहीं चाहिए। यकीन नहीं होता तुम मेरे साथ पिछले पांच केस में काम कर चुके हो। तुम कैसे हो सकते हो?" मैं गुस्से में अपनी कुर्सी के पर जाकर बैठ गया "हमारे पास एक आनंद ही था जो बता सकता था कि कल शाम क्या हुआ था।वह मौका भी मैने खो दिया तुम्हारी वजह से।"

मैं निराश बैठा था और उसके अलावा में और कुछ कर भी नहीं सकता था। उस वीडियो क्लिप का सच जानने के लिए आनंद का मेरे पास होना बहुत जरूरी था। हो सकता है वह भी इस कत्ल में शामिल था। इसलिए वह जेल से भाग गया था। मेरे दिमाग के घोड़े दौड़ रहे थे और मैंने अपने फोन मैं सेंड की हुई वह वीडियो क्लिप निकाली मैं उसे चालू करने वाला ही था कि तभी टेलीफोन की घंटी बजी।

रिंग... रिंग... रिंग...

"अब मेरा मुंह क्या देख रहे हो! फोन पिक अप करो।" मैंने पाठक से कहा।

उसने घबराते हुए फोन उठाया और कुछ देर कान पर लगाए रखा, उसने वह फोन मेरी तरफ करते हो कहा, "साहब, राजावत हाउस से कॉन्स्टेबल अंकित बोल रहा है। उसे वहां कुछ मिला है। वह कह रहा है कि वह सब आपको ही इसके बारे में बताएगा।"

"जल्दी मुझे फोन दो," कहते हुए मैंने खड़ा कर उसके हाथ से फोन छीन लिया। "हां, अंकित। बताओ। क्या मिला है?"

"साहब ज्यादा तो कुछ नहीं मिला। जिस कमरे में रघुवीर रह रहा था उसमें एक डायरी मिली है। उस पर लिखा है -आनंद मिश्रा।"

"डायरी?" मैंने कहा," तुमने बहुत अच्छा किया अंकित। तुम वह डायरी मेरे पास भेज दो, पुलिस स्टेशन।"

"जी साहब। वह मैं खुद आपके पास लेकर आ रहा हूं। जब हम आद्या राजावत के कमरे की तलाशी ले रहे थे तब हमे उसके ड्रावर में कुछ खत मिलें है।"

"कैसे खत? क्या तुमने उन्हें पढ़ा?"

"मैंने इन्हें नहीं खोला। वह एक लिफाफे में है।" अंकित ने जब दिया।

"यह सब मेरे पास भेज दो," कहते हुए मैंने फोन रख दिया।

डायरी का इंतजार बहुत लंबा हो रहा था। मैं सोच रहा था कि उस डायरी में आनंद ने क्या लिखा होगा। क्या यह इस केस की सॉल्व करने में मेरी मदद करेगी! अगर नहीं, तो मैं इस केस को सॉल्व करने के लिए आगे कौनसा कदम उठाउगा।

कुछ देर में वह डायरी और खत मेरे पास पहुंचे।

मैंने वह खत पाठक को देते हो कहा, "यह अंतिम मौका है तुम्हारे लिए। इन खतो को संभाल कर अपने पास रखो। ये खोने नहीं चाहिए।"

मैंने आनंद मिश्रा की डायरी का पहला पेज खोला।

"आनंद मिश्रा" डायरी में पहले पेज पर लिखा हुआ नाम मैंने पढ़ा।

२२ ओक्टुम्बर २०१२, सोमवार

पलटा, कोलकाता।

मैं आनंद मिश्रा।

मैं पश्चिम बंगाल में एक डिस्ट्रिक्ट दार्जिलिंग में बतासिआ लूप का रहने वाला हूं। यह एक बढ़िया जगह है अगर आप दार्जिलिंग घूमना चाहते हैं तो। फिलहाल में कोलकाता आया हूं, भारत के पश्चिम बंगाल की राज्य की राजधानी। कोलकाता में सबसे ज्यादा क्या फेमस है? काली माता का मंदिर। भोलेनाथ की बारह प्रतिमाएं। सबसे आकर्षित करने

वाली जो चीज इस मंदिर में है वह है चांदी से बना कमल का फूल जिसकी हजार पंखुड़ियां है और जिस पर काली मां अपने अस्त्र-शस्त्र के साथ भगवान शिव पर खड़ी है।

जी नहीं। यह डायरी मैं देवी-देवताओं के बारे में नहीं लिख रहा। जरा अपनी नजर उस आदमी की तरफ घुमा कर देखिए जो शायद राजस्थानी है और बहुत देर से दुकानदार को यह समझाने की कोशिश कर रहा है कि उसे बीड़ी चाहिए। वहीं दूसरी ओर किसी को गेहूं की जगह चावल की रोटी खानी पड़ रही है। इन चीजों से कोई दुखी भी है मगर क्योंकि वह कुछ दिनों के लिए कोलकाता की शेर करने आया है, आपकी और मेरी तरह इन पलों का आनंद ले रहा है।

पास ही में एक मूवी की शूटिंग चल रही है। अभिनेत्री अपनी जुल्फों को संभाल रही है। बालों की एक लट उसकी नाक पर आ गिरी जिसे अपनी एक टांग दूसरी टांग पर रखें और आंखों पर महंगा चश्मा लगाए हुए उसके पास बैठा अभिनेता बहुत देर से देखता जा रहा है। अभिनेत्री उस लट को नाक से हटाकर कान के पीछे कर देती है, एक मासूम सी मुस्कुराहट के साथ। वाह, कितना प्यारा दृश्य है! इसे देखकर ना केवल अभिनेता बल्कि हजारों की भीड़ भी अभिनेत्री के बारे में गिर पड़ी।

"कितनी सुंदर है माला जी! हर कोई उनकी एक्टिंग से ज्यादा इनकी मासूमियत का दीवाना है।"

"तुम्हारा क्या मतलब! मालाजी की एक्टिंग इतनी बढ़िया नहीं है?"

"नहीं-नहीं। मालाजी की एक्टिंग का तो हर कोई दीवाना है। उनकी एक्टिंग की मैं बुराई कैसे कर सकता हूं।"

भीड़ में यही बातें चल रही थी। कई आदमी जो घर से बाहर सब्जी लेने के लिए आए थे, वहां खड़े होकर वो मालाजी की मासूमियत निहार रहे थे। शायद यह भूल गए थे कि घर जाकर उन्हें खूब मार पड़ने वाली है।"

बरसात का मौसम बन गया है। काले बादल छा गए और थोड़ा अंधेरा छा गया है। बादलों ने एक जोरदार दहाड़ मारी। डायरेक्टर के साथ सारी जनता भी तितर-बितर हो गई।

लेकिन रुकिए। क्या आप यह देख पा रहे हैं, एक तकरीबन बीस वर्षीय व्यक्ति इतनी जोरदार मूसलाधार बारिश में भी कभी रिक्शा वाले से तो कभी छाता लेकर सड़क पर जा रहे व्यक्ति से एक तस्वीर दिखा कर यह पूछ रहा है कि क्या आपने इसे कहीं देखा है।

क्या आप मानेंगे कि यह व्यक्ति में हूं। जी हां आज से लगभग बीस दिन पहले कुछ मेरे साथ ऐसा हुआ जिस वजह से मुझे सड़कों पर ठोकरें खाते हुए एक लड़की को ढूंढना पड़ रहा है।

मूसलाधार बारिश और पेट में लगी आग की वजह से मैं रेस्टोरेंट में गया। मुझे यह याद नहीं कि मैंने किसी कितनी बार इस रेस्टोरेंट के मालिक से यह एक ही सवाल पूछा; 'क्या आपने इस लड़की को कहीं देखा है?'

मैं बिल्कुल पागल हो चुका था उस लड़की को ढूंढते ढूंढते। मैं वह हर तरीका अपना रहा था जो उसे ढूंढने के लिए जरूरी था। दार्जिलिंग से उसे ढूंढते ढूंढते में कोलकाता पहुंच गया था।

"मैंने नहीं देखा है, यह मैं तुम्हें कितनी बार बताऊं!" रेस्टोरेंट के मालिक के यह कहने पर मैं हताश होकर चेयर पर बैठ गया। मेरे पास दो तस्वीरें थी दो अलग अलग लड़कियों की; एक मेरी बहन और एक जगह मेरी गर्लफ्रेंड। उन दोनों तस्वीरों को देख कर मैं रोया जा रहा था। मेरी आंखों से आंसू की बूंद उस तस्वीर पर जा गिरी।

"तुम किसे ढूंढ रहे हो? क्या परेशानी है भाई? मुझे बताओ।" वहां बैठे एक व्यक्ति ने मुझसे पूछा। वह तकरीबन सताइस वर्षीय व्यक्ति था और अपने टेबल पर बहुत सारा खाना ऑर्डर कर रखा था। हालांकि वह इतना मोटा नहीं था। वह शरीर से फिट नजर आ रहा था।

"क्या आपने इस लड़की को कहीं देखा है?" मैंने उसे मेरी गर्लफ्रेंड जेबा की तस्वीर दिखाई और उससे भी वही सवाल किया जो मैं हर किसी से कर रहा था। उसने उस तस्वीर को कुछ पल के लिए देखा और ना में गर्दन हिला दी। नहीं।

"वैसे, तुम मुझे बता सकते हो 'तुम इस लड़की की तलाश में क्यों हो?'। कौन है यह? तुम इसे क्यों ढूंढ रहे हो। शायद मैं तुम्हारी मदद कर सकूं," उसने मेरे कंधे पर हाथ रखते हो कहा।

"तुम मेरी मदद नहीं कर सकते। मुझे सिर्फ इतना जानना था कि तुम इस लड़की के बारे में जानते हो या नहीं।"

"तुम मुझे बता सकते हो। क्या यह कहीं गुम हो चुकी है?" उसने पूछा।

"लोग कहते हैं कि सुख बांटने से बढ़ता है और दुख बांटने से घटता है। वह पूरी तरह से गलत है। मैं इस बात के पूरी तरह से विपरीत हूं। यह बात इस दुनिया में लागू नहीं होती। खास तौर पर इस पृथ्वी पर तो नहीं।" मैने कहा, "लोग हमारी खुशियां से जलते हैं और तकलीफ सुनकर हमारा मजाक बनाते हैं, फिर हमारा तमाशा बनता है। मैंने यह देखा है। मैं नहीं चाहता कि कोई मेरा तमाशा बनाए।"

मैं हर किसी व्यक्ति से वह तस्वीर दिखाकर यही पूछता कि क्या उन्होंने उस लड़की को कहीं देखा है। हर बार हर व्यक्ति के पास जवाब होता: नहीं।

3

सात साल बाद

सात साल बीत चुके हैं। आनंद मिश्रा, मतलब कि मैं, अब एक अकाउंटेंट हूं दयाल साहब के यहां।

दयाल साहब आज के समय में इस शहर के सबसे बड़े बिजनेसमैन की श्रेणी में आते हैं। उनका सिर्फ नाम ही दयाल नहीं है बल्कि दिल में दया भी इनके उतनी ही मौजूद है गरीब और मेहनती लोगों के लिए। यह लोगों की काबिलियत और मजबूरी दोनों को देख कर उनको काम देते हैं।

मगर फिलहाल सोचने की बात यह है कि इन सात सालों में क्या हुआ। क्या मुझे वह लड़की मिली जिसकी मैं तलाश कर रहा था? अगर हां, तो क्या हुआ उसके साथ? अगर नहीं, तो मैं दयाल साहब के यहां अकाउंटेंट का काम क्यों कर रहा हूं? क्या उसे ढूंढने की मेरी जिज्ञासा ने दम तोड़ दिया? सबसे बड़ा सवाल, वह लड़की कौन थी और मैं उसे क्यों ढूंढ रहा था? मुझे यकीन है मेरी इस डायरी को जो कोई भी पढ़ रहा है उसके दिमाग में यह प्रश्न नाच रहे होगे और आप उन्हें शांत करने के लिए उत्सुक हैं।

मैं उसे ढूंढने में इतना पागल हो गया था कि मैंने कई शहर बदले। जगह-जगह जाकर लोगों से पूछा कि क्या वह उस लड़की को जानते हैं। यहां तक कि मैंने उसे ढूंढने के लिए टैक्सी ड्राइवर बनना भी पसंद किया। मुझे लगा कि कहीं ना कहीं किसी ना किसी मोड़ पर वह मुझे जरूर मिल

जाएगी। इसलिए मैंने सात हजार प्रति महीने के हिसाब से टैक्सी चलाना शुरु कर दिया।

मेरी टैक्सी में यात्रा करने वाले हर एक राहगीर से उस लड़की के बारे में पूछता। कुछ दिन बाद लोगों ने मेरी टैक्सी से यात्रा करना बंद कर दिया क्योंकि वह इस तोते की जबान से ऊब चुके थे जो सिर्फ एक सवाल पूछता था। वह जब मुझसे पूछते हैं कि मैं उसे क्यों ढूंढ रहा हूं तो मैं सिर्फ उन्हें यही जवाब देता 'तुम्हें यह जाने की कोई जरूरत नहीं है। तुम बस इतना बताओ कि तुमने कहीं उसे देखा है।' वह लोग इसे मेरा नेगेटिव एटीट्यूड मानते हैं और यह था भी। खैर, अब मुझे टैक्सी ड्राइवर के काम से निकाल दिया गया है।

मैं "सेनाइटस गार्डन" मे बैठा था। कुछ सवाल दिल में लिए हुए, बिल्कुल आप की तरह। मगर मेरे सवाल अलग थे और इनका जवाब सिर्फ एक ही इंसान के पास था और वह इंसान अब मेरे पास नहीं था।

मेरे लेखक ने मेरी जिंदगी में हजारों गम लिखे हैं और यह सब उन हजारों गमों का एक छोटा सा भाग था।

गार्डन में मुझे हताश बैठा देखकर एक लड़की मेरे पास आई। उसने सफेद कलर के जूते पहन रखे थे। ब्लैक शर्ट और हाफ बाजू वाली स्टाइलिश वाइट टीशर्ट जिस पर लिखा था- "एंटी सोशल हेयर, रियली डोंट केयर"। उसके बाल बिल्कुल काले थे रात के अंधेरे की तरह। वह सच में सुंदर और अट्रैक्टिव थी, चेहरे पर एक साधारण सी मुस्कान लिए हुए। वह पार्क में दौड़ने की वजह से पसीने से तरबतर थी।

उसने अपने कानों से एयरडोपस निकाले और अपना हाथ आगे बढ़ाया, "हाय मैं मायरा।"

मैंने उसकी ओर देखा और फिर अपनी गर्दन सामने कर ली बिना कोई जवाब दिय।

वह मेरे पास आकर मेरे बगल में बैठ गई। "कितना सुंदर है ना यह गार्डन! मैं यहां रोज आती हूं। तुम्हें यहां पहली बार देखा है मैंने।"

मेरा कोई जवाब नहीं मिलने पर उसने ताना मारते हुए कहा, "मैं तुम्हारे गूंगेपन का इलाज करवा दूंगी। पास ही में एक बड़ा हॉस्पिटल है। क्या फिर तुम मुझसे बात करोगे?"

उसकी बात से मैं चिड़ा और मैंने कहां, "मैं गूंगा नहीं हू।"

"ओह, यह अच्छी बात है। मुझे यह जानकर खुशी हुई। तो फिर मैं तुम्हारी उदासी का इलाज करवाऊंगी। क्या फिर तुम मेरे साथ बैठ कर हंसोगे?"

कुछ समय के लिए उसकी बातों ने मेरे मुंह को मुस्कुराने पर मजबूर कर दिया। सच में, उसकी बात करने का ढंग सबसे अलग था और वह मुझे पसंद आया।

"थैंक गॉड! मेरे पैसे बच गए।" उसने मुस्कुराते हुए कहा।

"किस बात के पैसे?" मैंने पूछा।

"तुम तो हंसते भी हो! अब मुझे तुम्हारे इलाज कराने के लिए पैसा खर्च करने की कोई जरूरत नहीं है।" उसने फिर एक हंसी के साथ कहा।

कहते हैं अगर आप किसी का दिल जीतना चाहते हो तो पहले अपनी वाणी को जीतो। अपने बातों से आप किसी के भी चेहरे पर कोई भी इमोशन पैदा कर सकते हैं -घृणा, गुस्सा, चिड़चिड़ाहट, खुशी और प्यार। उसकी बातों ने मेरे अंदर की मरी हुई खुशी को फिर से जन्म दिया।

"क्या तुम यहां एक्सरसाइज करने आए हो?" उसने पूछा।

"नहीं कुछ काम नहीं है तो मैं यहां बैठा हूं।" मैंने जवाब दिया।

"मैं तुम्हें काम दिलवा सकती हूं। मेरे पापा इस शहर के सबसे बड़े बिजनेसमैन है। तुमने नागवेंद्र दयाल के बारे में तो सुना ही होगा। वो मेरे पापा है। मेरे कहने पर वह तुम्हें काम जरूर देंगे।"

मुझे काम की सख्त जरूरत थी। मेरे परिवार में सिर्फ मेरी मां थी और वह भी बीमार। उनके इलाज के लिए हर महीने मुझे पैसा भेजना पड़ता था और अब मेरी जेब खाली हो चुकी थी।

अचानक मेरी जिज्ञासा जाग उठी और मैंने पूछा, "रियली? क्या तुम सच में मुझे काम दिला सकती हो?"

"जरूर! क्या तुम काम करोगे मेरे पिता के लिए?" उसने कहा।

"धन्यवाद," मैंने कहा।

"मैं अजनबियों से धन्यवाद नहीं लेती।" उसने मेरा परिचय जानने का नया तरीका अपनाया।

"मैं आनंद मिश्रा," मैंने अपना हाथ उसकी ओर बढ़ाया। "किसी समय मैं भी एक अमीर पिता की औलाद हुआ करता था। धनराज सैठ, मेरे पिता का नाम था। फिर मेरे लेखक का पेन उल्टा चला और सब बर्बाद हो गया। मेरी किस्मत लिखे हुए पन्नों पर स्याही बिखर गई और आज मैं इस हालत में आ गया।"

"तुम क्या बोल रहे हो मुझे कुछ समझ नहीं आ रहा। लेखक, पेन, श्याही?"

"यह सब छोड़ो। यह एक लंबी कहानी है।"

"मेरे पास बहुत समय है तूम सुना सकते हो।"

"अभी हम सिर्फ दोस्त हैं। अच्छे दोस्त नहीं।" मैं अपनी कहानी उसको बताना नहीं चाहता था।

मायरा ने अपने पिता से गुजारिश की कि वह मुझे कोई काम दे दे। असल में मायरा को मुझसे प्यार हो गया था और उसने अपने पिता को कहा कि उसके लिए आसान होगा आनंद का दिल जीतना अगर वह उसकी नजरों के सामने होगा।

मायरा दयाल की इकलौती बेटी थी। इसलिए उसकी खुशी के लिए मुझे ऑफिस में अकाउंटेंट की मदद करने के लिए लिए एक छोटे काम पर रख लिया गया। मैंने अपने पिता से काफी काम सीख रखा था बिजनेस चलाने के बारे में ,और यह सब मैंने दयाल साहब की बिजनेस में अप्लाई किया। कुछ ही महीनों में उनके बिजनेस में काफी ग्रोथ हुई और उन्होंने मुझे अकाउंटेंट बना दिया। कुछ ही सालों में दयाल साहब दूसरे शहर के बिजनेसमैन को भी टक्कर देने लगे और बाकी बिजनेसमैन में टॉप पर आ गए। वह मेरी काबिलियत से खुश थे।

"देखो मायरा, अब तुम किस वर्ष की हो चुकी हो मेरे ख्याल से तुम्हारी उम्र की सारी सहेलियों की शादी हो चुकी है और मेरा शरीर भी अब बूढ़ा होता जा रहा है। मुझे लगता है कि मुझे एक दामाद चाहिए जो मेरे बाद तुम्हारे साथ मेरे कारोबार को भी संभाले।" दयाल ने अपनी बेटी से कहा।"क्या तुम्हारी नजर में कोई है जो तुम्हे पसंद है। अगर है तो मुझे कोई कष्ट नहीं उठाना पड़ेगा उसे ढूंढने मे।"

मायरा बहुत खुश थी। उसने अपने पिता को बताया कि वह आनंद मिश्रा से प्यार करती है। दयाल मेरा नाम सुनकर बहुत खुश हुआ क्योंकि मैंने पिछले तीन साल में उसके बिजनेस में जो ग्रोथ की थी वह लाजवाब था। इससे पहले उसने इतनी ग्रोथ कभी नहीं देखी थी। कुछ ही सालों में मैंने उसके बिजनेस को आसमान की ऊंचाइयों तक पहुंचा दिया था।

दयाल के चेहरे पर गजब की मुस्कुराहट थी। मगर कुछ ही समय में वह मुस्कुराहट हवा में गायब हो गई। मायरा ने उनके हताश चेहरे को देखकर उनसे इसका का कारण पूछा।

"मैं जानता हूं कि आनंद से बेहतर दामाद मुझे कहीं नहीं मिल सकता मगर उसकी हरकतें अजीब है।" दयाल की अपनी माथे की लकीरें एक एक जगह इकट्ठा हो गई।

"हरकतें? अजीब? मैं समझी नहीं!" मायरा ने अपने पिता की ओर देखते हुए कहा।

"दयाल ने अपनी पॉकेट से एक सिगरेट का डिब्बा निकाला और एक सिगरेट जला कर अपने मुंह में रख ली। उसने अपने मुंह से धुआं छोड़ा और फिर अपनी बात कंटिन्यू की "मैंने एक चीज कई बार नोटिस की है आनंद के बारे में। वह हर रोज सुबह दो लड़कियों की तस्वीर निहारता रहता है और उनके सामने अपना उदास चेहरा लेकर रोता रहता है। वह बस एक ही राग अलाप ता रहता है उन दो तस्वीरों को देख कर। 'तुमने ऐसा क्यों किया,प्रिय।'"

"अरे पापा, आप उससे बात तो करो। मुझे पता है जो क्या कह रहे है वह बहुत अजीब है मगर मैं इसकी परवाह नही करती।" मायरा ने अपने पिता के हाथ से सिगरेट लेकर उसे डस्टबिन में फेंक दिया "और आपको मैंने कितनी बार कहा है यह सिगरेट पीना छोड़ दीजिए। कम से कम अपनी बेटी के सामने तो सिगरेट मत पिया कीजिए।"

"उसके अतीत में कुछ तो गड़बड़ है मायरा! मुझे लगता है कि हमें पहले उसके अतीत के बारे में जानना चाहिए। हमें तो यह भी नहीं पता कि वह कौन है, कहां से है और किस खानदान से है!"

"क्या सिर्फ यह काफी नहीं है कि मैं उससे प्यार करती हूं और वह आपके यहां काम करता है? क्या सिर्फ यह काफी नहीं है कि मैं उसका

परिवार बनना चाहती हू? क्या सिर्फ यह काफी नहीं है कि वह आपके दामाद बनने के लायक है?" मायरा ने इमोशनल होते हुए कहा।

"मैं यह जानता हूं और मैं चाहता हूं कि वही मेरा दामाद बने मगर -"

"मगर क्या?"

"अगर उसने तुमसे शादी करने से मना कर दिया तो?"

"तो मैं जीवन भर कुंवारी रहूंगी।" मायरा ने आसानी से जवाब दिया।

"नहीं तुम ऐसा नहीं करोगी। मैं कल सुबह ही उससे जाकर बात करता हूं। मुझे यकीन है कि वह शादी के लिए जरूर मान जाएगा। आखिरकार मेरा इतना बड़ा बिजनेस है और इतनी सुंदर बेटी। इसके अलावा किसी को और क्या चाहिए क्या चाहिए!"

"ओ थैंक यू पापा! आप इस दुनिया के सबसे अच्छे पिता है। आई लव यू सो...मच।" कहते हुए मारी अपने पिता के गले लग गई।

सोमवार की सुबह।

मैं उन दोनों तस्वीरों को ठीक वैसे ही निहार रहा था जैसे कि मैं रोज करता हूं। मैं रोज उन दो तस्वीरों को देखता और उनको देखकर मेरी आंखें भर आती। मुझे पता ही नहीं चला कि कब दयाल साहब मेरे केबिन में आ गए।

"आनन्द!" दयाल ने मेरा ध्यान खींचते हुए कहा मैने जल्दी से उन दोनों तस्वीरों को टेबल की ड्रॉअर में रख दिया।

मेरा हाथ ठीक ड्रॉअर के ऊपर था, दयाल ने मेरे पास आकर मेरा हाथ वहां से हटाकर उस ड्रॉअर से उन दोनों तस्वीरों को निकाला और कहा, "तुमने कभी बताया नहीं यह दोनो लड़कियां कौन है।"

"जी कुछ खास नहीं! आप बताइए कैसे आज इतनी सुबह सुबह मेरी केबिन में आपका आना हुआ?" मैंने दयाल का ध्यान भटकाते हुए कहा। उसके हाथ से मैने वो दोनों तस्वीर ली और उसे अपने पास रख ली।

"आनंद, मैं चाहता हूं कि तुम अब इस केबिन में काम ना करो।" दयाल ने अपना शरीर बिल्कुल सीधा कर लिया और अपने दोनों हाथ कमर के पीछे कर लिए।

"तो आप मुझे इस ऑफिस से निकालने की बात कर रहे हैं?" मैंने आश्चर्य से पूछा।

"अरे नहीं! बिल्कुल नहीं। इनफैक्ट तुमने मेरे बिजनेस को आगे बढ़ाने में जो मदद की है उसके बाद तो बिल्कुल नहीं।" उसने अपनी सिगरेट जलाई और एक धुंआ मारता हुआ बोला, "मैं तो बस यह पूछ रहा था तुमसे कि तुम्हारा मेरी बेटी मायरा के बारे में क्या ख्याल है? वह तुम्हें कैसी लगती है?"

"जी मैं समझा नहीं। आप साफ-साफ कहिए आप कहना क्या चाहते हैं।" मैंने कहा, हालांकि मैं समझ पा रहा था कि वह क्या कहना चाहता है।

"तुम साफ-साफ जानना चाहते हो? आनंद, मेरी बेटी अब बाईस वर्ष की हो चुकी है और तुम मेरे हिसाब से चौबीस के हो गए हो। मेरा भी कुछ पता नहीं कब अलविदा कहने का समय आ जाए तो मैं चाहता हूं कि -"

तभी मायरा ने केबिन में प्रवेश किया "ओह, पापा तो तुम्हें कुछ बता ही नहीं पाएंगे, आनंद। मैं ही तुम्हें बताती हूं।"

"हाँ, आप बताईये।"

"जब उस दिन मैं तुमसे सेनोरिटा गार्डन में मिली थी तभी मुझे तुमसे प्यार हो गया था। मैं तुमसे बहुत प्यार करती हूं आनंद और उम्र भर तुमसे प्यार करना चाहता हूं। क्या तुम मुझसे शादी करोगे"

"शादी! यह तुमने सोच भी कैसे लिया, मायरा। यह नहीं हो सकता। माफ करना लेकिन मैं तुमसे शादी नहीं कर सकता।"

"यह तुम क्या कह रहे हो, आनंद! तुम्हें पता भी है तुम किसे मना कर रहे हो?" अचानक दयाल बीच में बोल उठा।

"मैं जानता हूं। मगर मैं मायरा से शादी नहीं कर सकता। मेरी जिंदगी में ऑलरेडी एक लड़की थी। उसके सिवा मेरी जिंदगी में कोई और आ भी नहीं सकता। मैंने उससे वादा किया था। "मैंने तस्वीर ड्रॉअर से निकाल कर उसे वह तस्वीर देते हुए कहा, "यह जेबा है। मैं इस लड़की से प्यार करता था। मैंने उसे वादा किया था कि मैं इसके अलावा किसी और से शादी नहीं करूंगा।"

मुझे पता है कि अचानक जब किसी का दिल टूटता है तो उसकी क्या स्थिति होती है। यह मैं पहले सहन कर चुका हूं। मगर मेरे पास कोई और चारा नहीं था। किसी को झूठी आश देना भी एक गलत चीज है।

"तो तुम भी मेरी बात ध्यान से सुन लो। मैं भी एक वादा करती हूं। अगर मैं शादी करूंगी तो सिर्फ तुमसे, वरना उम्र भर कुमारी रहूंगी। यह मेरा वादा है तुमसे।" कहते हुए मायरा ने वह तस्वीर मेरे सर पर फेंक मारी और वहां से चली गई।

मेरी इन बातों से दयाल का गुस्सा बढ़ गया। हालांकि वह ऐसा इंसान नहीं था जो गुस्सा करता है, मगर उसने अपनी इकलौती बेटी की आंखों में आंसू देखे थे।

"देखो आनंद, यह क्या तरीका हुआ बात करने का! मैंने अपनी बेटी की आंखों में आज तक आंसू का एक कतरा नहीं आने दिया। उसने जो चाहा उसे वह हर चीज लाकर दी। उसने सिर्फ शादी की मंजूरी मांगी थी तुमसे। तुम शादीशुदा नहीं हो यह काफी है।"

"माफ कीजिए सर। मगर मैं आपको बता चुका हूं कि मैं मायरा से शादी में नहीं कर सकता। हालांकि मैं जिसे प्यार करता था वह जिंदा नहीं है, मगर मैंने उससे वादा किया था और मैं इस वादे को तोड़ नहीं सकता।"

"मैं तुम्हें जॉब से बाहर निकाल सकता हूं।" दयाल ने धमकी देते हुए कहा।

"बेशक आप ऐसा कर सकते हैं। मैं आपका एंप्लॉयी हूं और आप मेरे मालिक। आप चाहे तो मैं आज ही जॉब छोड़ने के लिए तैयार हूं।" मैंने कहा।

दयाल ने गुस्से में टेबल बड़े सामान पर हाथ मारते हुए सामान को नीचे गिरा दिया और वहां से चला गया। ये मैं जानता था कि मैंने उनका विश्वास तोड़ा है। मगर में ऐसा करने के लिए मजबूर था।

उस बात को तकरीबन चार साल बीत गए और मायरा आज भी कुंवारी है उसने किसी से शादी नहीं की। वह मेरे एक हां के इंतजार में थी। उस दिन के बाद मायरा ने कभी मुझसे शादी की बात भी नहीं की। उसने मुझसे बस इतना कहा था कि उसे 'मेरे हां कहने' का इंतजार रहेगा चाहे यह इंतजार कितना भी लंबा क्यों ना हो। और ऐसा ही हुआ।

क्या मुझे सच में मायरा से प्यार है? अगर नहीं, तो मैं इतना बुरा महसूस क्यों कर रहा हूं? मैंने उसे शादी से चार साल पहले मना किया था और आज तक मैं अपने आप को माफ नहीं कर पा रहा मुझे। मुझे उसे

मना नहीं करना चाहिए था आखिरकार वह सच में मुझसे प्यार करती है और जेबा ने तो मुझे धोखा दिया था।" सोचते हुए मैं ऑफिस जा रहा था।

"ओ माफ़ कीजिये!" मैं एक लंबे चौड़े आदमी से जा टकराया। लंबा कद, चौड़ी छाती। घुंघराले बाल और शेव्ड गाल। वह शानदार दिख रहा था। मेरे माफी मांगने के बावजूद भी वह मुझे लगातार देखे जा रहा था। शायद वह कुछ सोच रहा था।

"हेलो!" मैंने उसके मुंह के आगे अपना हाथ घुमाया "क्या भाई साहब? क्या हो गया? मुझे से घूर कर रहे हो?"

"मैंने आपको कहीं देखा है। कहां देखा है...!"वह अभी भी अपनी नजरें मुझ पर गड़ाए हुए था। वह काफी देर तक सोचता रहा।

"कोई बात नहीं जब याद आ जाए तो बता देना" कहते हुए यह मैं वहां से जाने लगा।

तभी उसने मुझे रोकते हुए कहा, "अरे रुको तो।" वह मेरे पास आया और उसने अब अपना हाथ मेरी और बढ़ाते हुए कहा, "मेरा नाम है अर्नव सिन्हा।"

"अच्छा नाम है।" मैने बस इतना कहा और बिना रुचि दिखाए आगे बढ़ गया।

वह अब भी मुझे देख रहा था और ये जानते हुए भी मैने उसे पीछे मुड़कर एक बार भी नहीं देखा। ऐसे लोगों से हमेशा दूर रहना चाहिए जो आपसे बिना मतलब के कोई रिश्ता बनाना चाहता है। इस दुनिया में बिना मतलब के कोई काम नही होता, और अगर बिना मतलब के कोई आपसे रिश्ता जोड़ता है तो उसके पीछे भी एक मतलब छुपा होता है।

"आनंद, जरा इधर आओ। मैं तुम्हें किसी से मिलना चाहती हूं।" मेरे ऑफिस पहुंचने पर मायरा ने मुझे बुलाया।

वहां वही आदमी खड़ा था जो मुझसे रास्ते में टकराया था।

"तुम? तुम मुझे इस आदमी से मिलाना चाहती हो।" मैंने उस व्यक्ति की ओर देखते हुए कहा।

"क्या तुम एक दूसरे को जानते हो!" मायरा ने एक मुस्कुराहट के साथ पूछा।

"नहीं। बिल्कुल नहीं।" मैंने साफ-साफ मना कर दिया।

मायरा ने हमारा इंट्रोडक्शन कराते हुए कहा, "यह है अरनव सिन्हा। हमारे बिजनेस में न्यू एंप्लोई और अरनव, यह आनंद मिश्रा। इस कंपनी को इतनी ग्रो तक पहुंचाने में इनका सबसे बड़ा हाथ है।"

हम दोनों ने एक दूसरे का हाथ मिलाए और एक दूसरे की ओर एक हल्की सी मुस्कान छोड़ी।

"क्या तुम एकाउंटिंग का काम संभालोगे।" मैंने अरनव से सीधा पूछा। मुझे अब अपनी जॉब खतरे में नजर आ रही थी।

"नहीं। इन्वेस्टमेंट और शेयर मार्केट की अच्छी नॉलेज रखते हैं। पापा ने इन्हें इसलिए यहां बुलाया है कि वह चाहते हैं कि हमारा कुछ इन्वेस्टमेंट शेयर मार्केट में और म्यूचुअल फंड जैसी ही और जगह पर भी होना चाहिए। इससे बिजनेस की ग्रोथ दिन दूनी रात चौगुनी होगी। पैसे से पैसा बनाने के लिए शेयर मार्केट की नॉलेज होना बहुत जरूरी है और अरनव की यह नॉलेज है," मायरा ने कहा। "अरनव पापा के दोस्त के बेटे हैं।"

मायरा मुझे अरनव के बारे में ये सब बातें बता रही थी, मगर अरनव अब भी सोच रहा था मेरे बारे में। अचानक उसकी याददाश्त ने उसका साथ दिया और वह बोल पड़ा "मुझे याद आ गया। मुझे सब याद आ गया।"

"क्या याद आ गया? यह तुम क्या बड़बड़ा रहे हो, अरनव?" मायरा उसके अचानक बोले शब्दों से घबरा गई और उसने आश्चर्य से पूछा।

अरनव ने मेरी ओर इशारा करते हुए कहा, "मैंने तुम्हें पहली बार एक रेस्टोरेंट में देखा था, आनंद। दो तस्वीरें तुम्हारे हाथ में थी और उनमें से एक तस्वीर दिखाकर तुम मुझसे पूछ रहे थे कि 'क्या इस लड़की को तुमने कहीं देखा है?'।

उसकी बात सुनते ही मेरे सामने वही पुराने दिन चलचित्र की तरह चलने लगे। धुंधला सा चलचित्र जिसमें एक लड़की फांसी पर लटकी है, एक आदमी के हाथ में एक कागज है, उसके पास खून से लथपथ दो लाशें पड़ी है। और अचानक लम्हा बदलता है और वह एक लड़की की बाहों में है, उसे किस कर रहा है, लंबे समय तक, उसके बिस्तर में।

मेरा शरीर बिल्कुल पसीने से तरबतर हो गया था। मैं लंबी लंबी सांसे लेने लगा और मेरे हाथ कांपने लगे। अभी भी मेरे दिमाग में वह चलचित्र चल रहे थे। अचानक मेरे हाथ शांत हुए, मेरी आंखों से आंसू जमीन को गिला किए जा रहे थे और मेरे होठों पर एक मुस्कुराहट थी। आंखें गम में और हॉट खुशी मना रहे थे।

मेरा मेरे इस बर्ताव को देखकर मायरा घबरा गई। मायरा ने मेरा हाथ पकड़ कर मुझे जोर से हिलाया। मैं उन दृश्यों से बाहर आया जिन्हें मैं अभी तक देख रहा था, अपनी खुली आंखों से, अपने दिमाग में। मैं नहीं चाहता था कि उन्हें मेरे पास्ट के बारे में कुछ पता चले इसलिए मैं एक नकली मुस्कुराहट के साथ वहां से चला गया।

4

मेरे कारण

"तुम क्या लेना पसंद करोगे? मैं कैसे भूल सकती हूं कि तुम्हें कॉफी बहुत पसंद है। एक मिनट," कहते हुए मायरा ने एक वेटर को बुलाया और कॉफी ऑर्डर की।

फिलहाल हम दोनों एक रेस्टोरेंट में बैठे हैं। पता नहीं क्यों अचानक मायरा ने मुझे आज रेस्टोरेंट्स में बात करने के लिए बुलाया। मुझे फैशन का इतना शौक नहीं है। मैने एक नीले कलर का शर्ट पहना है और हल्के भूरे रंग की कॉटन पेंट। हां, मगर मुझे अपने दोनो हाथ में घड़ी पहनने का शौक जरूर है। मैं इन दोनों ही घड़ियों में टाइम कभी नहीं देखता। टाइम पता करने के लिए मैं अपने फोन का इस्तेमाल करता हू। यह मैने बस शौक के लिए पहन रखी है।

मगर मायरा को फैशन का बहोत सौक है। और वैसे भी लड़कियों को रंग बहोत पसंद होते है। उसने एक लाल रंग की मैक्सी पहन रखी थी। हालाकि यह बहुत मॉडर्न थी मगर यह उस पर अच्छी लग रही थी। वो इस ड्रेस में बहोत सुंदर लग रही थी। 26 साल की बेहद आकर्षक और स्टाइलिश महिला। वह हमेशा खूबसूरत दिखती थीं। उसने काजल आंखों में थोड़ा ज्यादा लगा रखा था, यह शायद उसने मेरे सामने अच्छा दिखने के लिए किया था।

"तुम इन कपड़ों में बहुत सुंदर लग रही हो," मैंने कहा।

"धन्यवाद।" एक पल के लिए मुझे मायरा की आंखों में पानी की बूंद दिखाई दी लेकिन फिर उसने अपनी आंखें दो तीन बार टिमटिमाई। मैंने काफी लंबे समय बाद उसकी तारीफ की थी या शायद आज पहली बार।

"क्या मैं ये जान सकता हू कि हम यह क्यों आए है?" मैंने पूछा।

"कुछ नही। बस ऐसे ही, क्या तुम्हे मुझसे यहां मिलना पसंद नहीं आया?" उसने मेरी आंखों में आंखें मिलाकर पूछा।

"नहीं ऐसी बात नहीं है। मैं तो सिर्फ यह पूछ रहा था कि— "

"परेशान मत हो आनंद। मैंने तुम्हें यहां हमारी शादी के बारे में बात करने के लिए नहीं बुलाया है," उसने प्रेम भरे शब्दों में कहा। "मुझे पता है कि हम शादी नहीं कर सकते। जरूरी नहीं कि जिससे हम प्यार करते हैं उससे शादी करें। प्यार में यह शर्त नहीं रखी जाती और मैंने यह कभी रखी भी नहीं। तुम यह भली-भांति जानते हो। मुझे पता है तुम भी मुझसे उतना ही प्यार करते हो जितना कि मैं तुमसे करती हूं। क्या तुम नहीं करते हो?

"ऐसी बात नहीं है," मैंने जल्दी-जल्दी में कहा।

"इसका मतलब यह हुआ कि तुम मुझसे प्यार करते हो। बस उस वादे के कारण मुझसे शादी नहीं कर सकते," मायरा ने एक मुस्कुराहट के साथ कहा।

"नहीं इसका मतलब यह नहीं है। हम अब अच्छे दोस्त हैं। तुम और मैं एक दोस्त की तरह रेस्टोरेंट में चाय पीने आ सकते हैं, जब भी जब तुम चाहो।" मैंने मायरा के थोड़ा पास आकर कजा, "मायरा, मैं जानता हूं तुम मुझसे प्यार करती हो और तुम भी जानती हो कि मैं तुमसे शादी नहीं कर सकता। तुम सच में एक कोहिनूर हो और अगर किसी से तुम्हारी शादी होती है तो वह बहुत भाग्य वाला होगा। वह एक असली कोहिनूर का मालिक होगा।"

"कोहिनूर का मालिक सिर्फ एक योग्य इंसान ही हो सकता है। मैं तुम्हें योग्य मानती हूं। मैं तुम्हें आश्वासन देती हूं कि इस कोहिनूर का मालिक तुम्हारे अलावा कोई और नहीं होगा। कभी नहीं -"

"साहब, आपकी कॉफी।" वेटर ने कॉफी टेबल पर रख दी।

मैंने मायरा की बात टालते हुए कहा, "तुम्हारे पिता तुम्हारी शादी को लेकर बहुत चिंतित है। और एक पिता होने के नाते यह स्वाभाविक भी है। तो तुम शादी कब कर रही हो?"

"ठीक उसी समय जब तुम शादी कर रहे होगे, उसी मंडप में और उन्हीं मेहमानों के बीच।" मायरा ने बातों ही बातों में मुझसे अपने प्यार का इजहार किया।

मैंने जानबूझकर दो तीन बार खांसने लगा और ऑफिस जाने के खड़े हुए।

"तुम चलो, मुझे कुछ काम है। मैं थोड़ी देर बाद ऑफिस पहुंचती हूं।" मायरा ने कहा।

रेस्टोरेंट के बाहर निकलते वक्त भी मायरा मुझे देख रही थी। वह सोच रही थी कि मैं मुड़कर उसे बाय का इशारा करूंगा।

वैसे क्या मैंने आपको बताया नहीं कि मैं शाहरुख खान का बहुत बड़ा फैन हूं। बाय द वे, मैंने ठीक वैसे ही किया जैसे शाहरुख फिल्मों में करता है। मैं पीछे मुड़ा और दाहिने हाथ की उंगलियों को धीरे-धीरे खोलते हुए जोर से बोला "बाये मायरा..."

मैं उसे अलविदा कहने में इतना मगन था कि मैं सड़क पर आ खड़ा हुआ और एक गाड़ी तेज रफ्तार से मेरी ओर बढ़ रही थी मुझे इसका पता ही नहीं चला।

"आनन्द" शब्द को खींचते हुए मायरा चिल्लाई। वह मुझे इशारा कर रही थी कि गाड़ी मेरे पास आ रही है और वो मुझे टक्कर मार देगी।

मैंने अपनी बाईं और मुड़कर देखा और मुझे एक जोर का धक्का लगा। मैं सड़क की दूसरी और जा गिरा।

अभी हम हॉस्पिटल में हैं। मैं, मायरा और अरनव। गाड़ी की तेज रफ्तार की वजह से काफी चोट आई।

"कैसे हो!" मैंने हॉस्पिटल में बेड पर लेटे हुए अरनव से पूछा। उसका एक हाथ उस विल टेबल पर पड़ा था और दूसरा हाथ उसके पेट पर। उसके शरीर के ज्यादातर भाग पर पट्टी बंधी थी। जाहिर है अगर कोई दूसरा उसे इस हालत में देखकर अपनी हंसी ना रोक पाता।

मगर उस समय हम हंस नहीं सकते थे। असल में, हंसी निकल भी नहीं रही थी, वह मेरी वजह से इस हालत में था। जब कार को देखकर मेरे दिमाग में निर्णय लेना बंद कर दिया था तब अचानक अरनव कही से आ गया और उसने मुझे वहां से धक्का मारा और मैं सड़क के दूसरे किनारे जा गिरा। मैं तो बच गया मगर अरनव को इस गाड़ी की तेज रफ्तार का शिकार होना पड़ा। आज उसे उस घटना के दो दिन बाद होस आया है। और मुझे और मायरा को अपने पास देकर शायद वह उस घटना को याद कर पा रहा है।

"क्या अरनव अपनी यादास्त को चुका है? कुछ बोल नहीं रहा है। देखो, इसके सर पर भारी चोट आई है।" मैंने अरनव के सर की ओर इशारा करते हुए मायरा को उदासी भरे शब्दों में कहा।

"नहीं चिंता मत करो। मैं बिल्कुल ठीक हूं।" यह कहते हुए अरनव बेड का सपोर्ट लेते हुए बैठ गया जैसे कि वह बिल्कुल ठीक हो गया है।

"क्या कर रहे हो, अरनव! तुम्हारी हालत देखो। तुम ठीक नही हो। बिल्कुल ठीक नहीं हो। तुम्हें आराम करना चाहिए," मैंने उसे टोकते कते हुए कहा।

"अरे भाई, मैं बिल्कुल ठीक हूं। देखो कुछ भी नहीं हुआ है। कुछ दिन में ही मैं ऑफिस में आ सकूंगा। क्या तब तक तुम लोग मुझे ऑफिस से निकाल दो नहीं दोगे?" उसने मजाक में कहा।

अरनव से मिले मुझे केवल चार दिन नहीं हुए थे और उसने मुझ पर एक बड़ा एहसान कर दिया था। मुझे मेरी जिंदगी लौटने का। मेरी आंखें भर आई।

"मैंने किसी को अपना माना था अरनव। मैंने उसको अपना दिल दिया और उस कमबख्त ने उसके टुकड़े टुकड़े करके मुझे वह लौटा दिया।" मैंने कहा, "किसी गुमनाम शायर ने कहा है कि 'मत जोड़ दिल को इतनी उम्मीदों से। दिल टूट जाएगा अगर एक भी उम्मीद टूटी तो।' वह बिल्कुल सही था।"

"तुम ऐसा क्यों कह रहे हो, आनंद! हम तुम्हारे अपने ही है और हम तुम्हारे साथ हमेशा रहेंगे।" अरनव ने सांत्वना देते हुए कहा।

"तुम मुझ से तीन दिन पहले मिले थे और मुझे बचाने के लिए अपने आप को मौत के जोखिम में धकेल दिया, क्यों?"

"आनंद, पहली बात जो मैं तुम्हें बताना चाहता हूं वह यह है कि तुम मुझे तीन दिन पहले नहीं सात साल पहले मुझे मिले थे, एक रेस्टोरेंट में।" अरनव ने शांत स्वर में कहा, "और दूसरी बात, मैंने अपनों को खोने का दुख झेला है। मैं जानता हूं कि जब कोई अपना हमसे दूर होता है तो कितनी तकलीफ होती है। दिल का एक कोना उनकी याद दिला कर हमें तड़पाता रहता है।

"क्या तुम्हारे साथ भी कुछ ऐसा हुआ था जो मेरे साथ हुआ?" मैंने अरनव से पूछा।

"मुझे नहीं पता कि तुम्हारी जिंदगी में सात साल पहले क्या घटा था। मैं सिर्फ अपने बारे में जानता हूं। मैंने तुमसे कई बार तुम्हारी कहानी के बारे में पूछा मगर तुमने मुझे कुछ नहीं बताया। वो कौन दो लड़कियां थी जिनकी तस्वीर देखकर आज भी तुम्हारे आंसू नहीं थमते। वह कौन लड़की थी जिसे ढूंढने में तुम इतने पागल हो गए थे कि तुमने हर किसी से उसके बारे में पूछना ठीक समझा, यहां तक कि तुमने कई शहर भी बदले। वह क्या है जिसकी वजह से तुम मायरा से अब तक शादी नहीं कर सकते। क्या आज तुम अपनी कहानी सुनाना पसंद करोगे? अपने इस दोस्त के साथ। अपने अच्छे दोस्त के साथ।"

अरनव ने मुझे इमोशनल कर दिया। उसका मुझ पर एक एहसान उधार था और मैं उसके एहसान तले दबा था। वह मुझसे मेरी कहानी के बारे में जानना चाहता था।

"तुम जानते हो अरनव। दुनिया हमेशा हमारी कहानी का मजाक बनाती है। वह हमारी कहानी इसलिए जानना चाहती है कि उन्हें उनके मनोरंजन के लिए एक बढ़िया पात्र मिल सके जिसे वह कहीं भी कभी भी लोगों के सामने इस्तेमाल करके अपना मनोरंजन कर सके।" मैं अरनव के पास जाकर कुर्सी पर जाकर बैठ गया।

"हर किसी की सोच एक जैसी नहीं होती। जैसे हर सिक्के के दो पहलू होते हैं ठीक वैसे ही हर इंसान की प्रकृति भी अलग-अलग होती है।" उसने एक हल्की सी मुस्कान दी। वह अपनी कहानी शुरू करने जा रहा था।

उसका अतीत। भंयकर। दिल दहलाने वाला।

मेरे पिता चाहते थे कि मैं बहुत बड़ा आदमी बन हूं और बहुत पैसे कमाऊ। उसके बाद उन्हें उनकी प्राइवेट जॉब से रिटायरमेंट दिला दूं। इसलिए उन्होंने मुझे पढ़ाई के लिए विदेश भेज दिया। उन्होंने मुझे पैसों की कमी बिल्कुल महसूस नहीं होने दी। मेरा कोर्स लगभग कंप्लीट था और मुझे कुछ ही दिन बचे थे घर लौटने के लिए।

उन दिनों रक्षाबंधन चल रहे थे, मेरी बहन अवनी को मैंने कॉल किया। "हेलो, हेलो अवनी! क्या तुम मुझे सुन पा रही हो? मैं घर लौट रहा हूं। बहुत जल्दी घर पहुंच जाऊंगा। मेरे लिए राखी खरीदी है ना।"

बरसात और खराब मौसम की वजह से आवाज साफ नहीं जा रही थी। उसका कोई रिस्पांस मुझे सुनाई नहीं दिया। शायद यह बरसात और खराब मौसम के कारण था। इसलिए मुझे फोन रखना पड़ा। अवनी को घड़ी पहनने का बहुत शौक था। अमेरिका से बेशकीमती घड़ी मैंने उसके लिए खरीदी थी। उसके तोहफे के तौर पर। आखिरकार तीन साल बाद वो मेरे कलाई पर राखी बांधने वाली थी।

"हां, यही रोक दो।" मैंने अपने घर के सामने गाड़ी रुकवाई। घर का दरवाजा खुला पड़ा था। शायद बरसात की तेज हवा से दरवाजा खुल गया था या फिर बरसात के मौसम में घर के लोग दरवाजा बंद करना भूल गए थे।

"एक हज़ारों में मेरी बहना है, सारी उमर हमें संग...." गाना गाते हुए मैंने घर में प्रवेश किया।

घर में घुसते ही मैंने जो देखा उसे देखकर मेरे रोंगटे खड़े हो गए। मेरे हाथों से वह सूटकेस जमीन पर जा गिरा। मैंने अपनी दोनों आंखें मली और फिर से देखा। क्या यह कोई सपना है!

मैं जो देख रहा था अगर कोई और वह देख रहा होता तो वह भी मेरी तरह अपने दिमाग को संभाल नहीं पाता। मेरी मां ने मेरे पिता को मेरे सामने गोली मार कर उनकी हत्या दी। जब उसने देखा कि मैं वहां खड़ा हूं तो फिर खुद को गोली मारकर जमीन पर गिर पड़ी। मैं समझ नहीं पा

रहा था कि यह क्या हो रहा है।

फर्श उनके खून से लाल हो गया था। मैं दौड़ कर उनके पास गया चिल्लाते हुए 'मां... पापा!'। मुझे पता नहीं था कि मुझे क्या करना चाहिए। मैं इससे पहले कि कुछ समझ पाता मेरी नजर दरवाजे पर खड़ी मेरी बहन की और गई।

उसका अधनंगा गिला शरीर, बिखरे बाल, नंगे पांव, आंखों में आंसू लिए हुए। यह मेरे लिए शर्म की बात है कि एक भाई को उस हालत में उसे देखना पड़ रहा था। मैं उसका भाई था और उसको रक्षा के दिए हुए वचन मेरे सामने बिखरे मालूम हो रहे थे।

"भैया..." वह रोती हुई मेरे पास आई और उसने दरवाजे की ओर इशारा किया। मुझे लगा कि दरवाजे पर कोई खड़ा है इसलिए मैं घबराया हुआ दरवाजे की तरफ दौड़ा। तभी एक आवाज आती है। एक बंदूक की गोली की। यह उस गन के तीसरे गोली की आवाज थी। मैं शोक में था। मैंने अपने कदम रोके और धीरे से पीछे मुड़कर देखा। मेरी बहन भी अब वही मेरी मां पापा के पास जमीन पर पड़ी थी, खून से लथपथ। बिल्कुल शांत।

मेरे सामने अब तीन लाशें थी और मुझे अब तक कुछ नहीं पता था कि यह सब क्यों हो रहा है।

मैं और मायरा अरनव की कहानी सुनकर स्तब्ध थे। हमें लगा कि अरनव आगे कुछ कहेगा। मगर वह बहुत देर तक चुप रहा। उसकी खामोशी तोड़ने के लिए मायरा ने धीमी आवाज में आगे की कहानी जानने की जिज्ञासा जताते हुए कहा," और फिर? फिर क्या हुआ, अरनव?"

उसने अरनव से सिर्फ इतने ही शब्दों में पूछा था। और इन शब्दों के अलावा हमारे पास और कोई शब्द थे भी नहीं। उसकी कहानी सच में अजीब थी।एक ऐसी कहानी जो अब तक किसी ने नहीं सुनाई थी। और उसे देखकर अब ऐसा लगता भी नहीं था कि उसके साथ ऐसा हुआ है क्योंकि अपने गमों को छिपा लेने की कला उसने मौजूद थी।

उसने कोने पास ही एक टेबल पर पड़े पानी के गिलास को उठाया और दो घूंट पानी पीकर उसे वापस रख दिया। उसने फिर अपनी कहानी जारी की।

मेरे पिता एक इमानदार इंसान थे, इतने ईमानदार की अपनी तनख्वाह में एक भी रुपया अगर ऊपर मिल जाए तो या तो उसे वह गरीबों में दान कर देते या फिर मंदिर में चढ़ा देते। मगर अपने बेटे को उन्होंने कोई कमी महसूस नहीं होने दी। मुझे विदेश में जितना पैसा चाहिए था जिस समय चाहिए होता वह पहुंचा देते।

उन्हें पता था कि मुझे मार्केट की जानकारी एकत्रित करना बहुत अच्छा लगता है और यह एक अच्छी रूचि है जिससे पैसा तेजी से बनाया जा सकता है। यह उनका स्वार्थ नहीं था बल्कि वह अपने बेटे को अपनी तरह गरीब नहीं देखना चाहते थे। गरीब का बेटा गरीब हो यह गरीब के बेटे की गलती नही है मगर गरीब का पोता गरीब हो यह उसकी गलती है।

मेरे पिता पिछले दस सालों से किसी बिजनेसमैन के यहां एक छोटे एम्पलाई थे। दस साल काम करने के बावजूद उनकी तनखा में कोई बढ़ोतरी नहीं हुई। उन्होंने तनख्वा बढ़ाने की मांग भी कभी नहीं की थी, मगर जब उन्हें मेरी पढ़ाई के लिए पैसों की जरूरत पड़ी और सब कुछ बेचने के बाद उनके पास और कोई रास्ता नहीं बचा तो उन्होंने अपने मालिक से तनख्वाह बढ़ाने की मांग की। उन्होंने अपने मालिक को बताया कि वह पिछले दस सालों से उनकी फैक्ट्री में मजदूरी करते हैं और कभी उनकी तनखा नहीं बढ़ी। अब उन्हें विदेश में पढ़ाई कर रहे अपने बेटे की पढ़ाई के लिए पैसों की सख्त जरूरत है और इसलिए वह उनकी तनख्वाह कृपया करके बढ़ा दें।

कोई भी ऐसा नहीं चाहता कि किसी और के पास उससे ज्यादा पैसा हो। फैक्ट्री का मालिक जानता था कि शेयर मार्केट का नॉलेज अगर gain कर लिया जाए तो दिन दूनी और रात चौगुनी उन्नति हो सकती है। वह नहीं चाहता था कि उनके शहर में कोई और पैसा कमाने वाला हो और

वैसे भी मैं तो विदेश से पढ़ाई करके आ रहा था। मैं नहीं जानता कि असल कारण क्या रहा होगा, मगर उसने मेरे पिता पर फैक्ट्री के सामान की चोरी का इल्जाम लगाकर उन्हें काम से बेदखल कर दिया।

यह बात आग की तरह फैल गई और हर कोई मेरे पिता को चोर की नजर से देखने लगा। वह उन्हें चोर चोर कह कर पुकारने लगे। जब भी पिताजी घर के लिए सामान की खरीदारी करने बाजार में निकलते तो लोग चोर चोर कहकर उनका मजाक बनाते।

"अरे देखो! यह वही है ना जिस पर फैक्ट्री का सामान चोरी करने का इल्जाम है।"

"इल्जाम? यह तो असल चोर है। शक्ल से लगता भी चोर है।"

"पता नहीं, कैसा जमाना आ गया है! जिस थाली में खाया उसी में छेद करते हैं लोग। कौन जानता है दस साल काम करते-करते इसने कितना सामान गायब किया होगा।" और फिर यह कहकर वो जोर से हंस पड़ते।

मेरे पिता इनकी बातें अनसुनी कर आगे बढ़ जाते हैं, मगर फिर उन्हें दुकानदार की बेतुकी बातों का सामना करना पड़ता। "यहां सिर्फ पैसे चलेंगे। मैं सामान के बदले सामान नहीं बेचता। अगर चोरी का सामान बेचने आए हो तो चोर बाजार यहां से थोड़ा आगे है। वहां जा कर सामान बेचो। शायद कुछ पैसे मिल जाए। हम चोरी का माल नहीं लेते।"

यह बातें मेरे पिता से सहन नहीं कर पाए और उन्हें दिल का दौरा पड़ने लगा। वह घर से बाहर जाने से डरने लगे। एक इमानदार इंसान की इमानदारी पर अगर कोई उंगली उठाए तो यह उसकी बर्दाश्त के बाहर हो जाता है। पिता घर से बाहर जाते नहीं थे और वो अपनी बेटी को बाहर सामान खरीदने भेज नहीं सकते थे। यही चिंता है उनकी बीमारी को और तेज करने लगी।

उस दिन जब मैं अमेरिका से घर लौट रहा था तो यह उस से दो घंटे पहले की बात है। हमारे घर के दरवाजे की बेल बजी। बाहर पुलिस खड़ी थी। मेरी बहन ने दरवाजा खोला।

पुलिस कांस्टेबल ने पूछा, "सुधाकर जी यही रहते हैं?"

"जी हां" मेरी बहन ने दबी हुई आवाज में हामी भरी।

"उनके खिलाफ पुलिस एफ आई आर दर्ज है। फैक्ट्री में चोरी की है उन्होंने। पूछताछ के लिए उन्हें हमारे साथ चलना होगा।"

"उनकी तबीयत खराब है वह नहीं आ सकते।"

"अगर वह नहीं आ सकते तो आपको चलना होगा। बस थोड़ी पूछताछ करनी है।" उन्होंने जवाब में कहा।

अवनी उनके साथ बिना कोई सवाल किए चली गई।

कहते है कि बदमाशों से ज्यादा बहरूपिया से सावधान रहना मुस्कील होता है।

वह यह नहीं जानती थी कि पुलिस की वर्दी में वह लोग बदमाश गुंडे थे। उन्होंने मेरी बहन का बलात्कार किया और अधनंगे कपड़ों में उसे घर के सामने फेंक कर चले गए।

पिता का दर्द और ज्यादा बढ़ता जा रहा था और वह इसे सहन नहीं कर पा रहे थे। उनके दर्द को देखकर मेरी मां को उन्हें गोली मारना पड़ा और फिर खुद गोली खाकर जमीन पर गिर पड़ी।'

काफी देर तक सन्नाटा रहा मायरा की आंखों में आंसू थे। शायद वह एक लड़की होने की वजह से यह दर्द महसूस कर पा रही थी ।

"तुमने पुलिस को यह सब बताया?" मैंने कहा।

"हां, मगर उन्होंने कहा कि पुलिस मेरी कोई मदद नहीं कर सकती। यह आत्महत्या का केस है। इसमें वह भी कुछ नहीं कर सकते।"

"क्या तुम उन लोगों में से हो जो मेरी कहानी का मजाक बनाओगे? क्या तुम भी उन्हीं लोगों का हिस्सा हो जिनके बारे में तुम कहते हो कि दुनिया हमेशा हमारी कहानी का मजाक बनाती है।" अरनव के सवाल सीधे मेरे दिल पर लगे और मैंने अपनी कहानी शुरू की।

5

वह दो लड़कियां

कहते हैं हर सफल व्यक्ति की पीछे एक औरत का हाथ होता है। मगर एक शर्त है, वह औरत वफादार होनी चाहिए। वही औरत अगर बेवफा हो तो वो आपको बर्बाद करने से पहले नहीं छोड़ेगी। न ही सफलता मेरे हाथ लगी और न ही वफादार औरत।

उसका नाम था जेबा। जेबा बख्तियार। वह मेरा पहला प्यार थी और अब तक आखरी भी। नाम से तुम अंदाजा लगा सकते हो कि वह एक मुसलमानी लड़की थी और मैं एक हिंदू। आनंद जेबा मिश्रा। वैसे भी ये नाम कुछ खास नहीं लग रहा था। नहीं, यह हिंदू और मुस्लिम दो प्यार करने वाले की कहानी नहीं है जिसमें उनके प्यार को तोड़ने के लिए दोनो ही पक्ष अपनी एड़ी चोटी का जोर लगा देते है और आखिर में उनके प्यार के दो टुकड़े कर दिए जाते हैं; एक हिंदू और दूसरा मुसलमान।

जेबा को देखकर कोई यह नहीं कह सकता था कि वह एक मुस्लिम लड़की है। मैं याद कर पा रहा हूं जब मैंने उसे पहली बार देखा था। हां, मुझे याद आ रहा है। वह दिन जब मैं और राजीव स्कूल से लौट कर घर जा रहे थे वह बस स्टैंड पर खड़ी बस के इंतजार में थी। मैंने उसे पहली बार देखा था और मंत्रमुग्ध हो जाया था। मैं उसे लगातार देखे जा रहा था। मैं एक पल के लिए भी उससे नजरें ना हटा पाया। मैं क्या कर सकता हूं जब मेरी नजर ही उसपर से हटना नही चाहती।

बहुत देर तक मेरे उसको देखते रहने पर उसकी नजरों ने मेरी नजरों को देखा। मैंने फिर भी उससे नजर नहीं हटाई। राजीव ने मेरे पीठ को पकड़कर मुझे हिलाया और मैं होश में आया कि मैं क्या कर रहा था।

"वह मेरे बारे में क्या सोच रही होगी! उसे लग रहा होगा कि मैं बहुत खराब लड़का हूं। मैं उन लड़कों में हूं जो लड़कियों को ताकते रहते हैं। वो अब मुझसे कभी प्यार नहीं करेगी," मैंने राजीव से कहा

आप जानते हैं कि दोस्त कमीने होते हैं और अगर वह आपका सबसे अच्छा दोस्त है तो वह वो अपना कमीनापन दिखाने में जरा भी देर नहीं करेगा। वह आपको तब सलाह देते हैं जब आप किसी उलझन में होते हैं किन्हीं दो चीजों में से एक को चुनने में और मैं यह कह सकता हूं कि हमें उस समय उसकी बात नहीं माननी चाहिए।

"जाओ और उसके एक हाथ को पकड़ कर उसे किस कर दो। वैसे ही जैसे शाहरुख ने काजोल को किया था।" यह उसकी पहली सलाह थी। "लड़कियों को अच्छा लगता है जब कोई उन्हें यूनिक तरीके से प्रपोज करें।"

मैं शाहरुख का बहुत बड़ा फैन हूं। काजोल और शाहरुख की जोड़ी सिनेमा में सबसे बेस्ट जोड़ी मानी जाती है। मैंने उनकी सारी मूवीज देख रखी है। मुझे उसके सारी डायलॉग्स याद है। उसके सारे एक्शन मुझे पसंद है। खासतौर पर शाहरुख का वो एक्शन जिसमें वो अपने दोनो हाथ बाहर की ओर फैलाकर प्रोपोज करता है।

मैं अभी जेबा के बिल्कुल बगल में खड़ा हूं। वह अपने दाहिने हाथ में एक छोटी सी घड़ी पहने और कंधे पर एक छोटा सा बैग लटकाए हुए खड़ी है। अकेली। मेरी हिम्मत नहीं थी कि मैं उसे बस स्टैंड पर जाकर प्रोपोज कर दूं। वहां काफी लोग थे और उनसे मुझे मार भी पड़ सकती थी। मैंने इशारा करते हुए जेबा को पान की दुकान के बगल में बुलाया जहां पर सिर्फ मैं खड़ा था।

उसने मेरे इशारे को देखा और मेरे पास आकर खड़ी हो गई। यह मेरे लिए पहला इशारा था कि उसे मैं पसंद आ सकता हूं। काफी देर तक मैं खड़ा रहा। चुपचाप। हम दोनों बस एक दूसरे को देख रहे थे और मेरी धड़कनों की रफ्तार बढ़ती जा रही थी। मेरे दिमाग ने काम करना बंद कर

दिया था और शरीर में वाइब्रेशन महसूस होने लग गया था। मैं और देर करने वाला नहीं था और मैंने उसके बाएं हाथ को पकड़ा और हल्के से उस पर किस कर दिया।

मैं अपने दोनों हाथ खोल कर घुटनों के बल बैठ गया "आई लव— " मैं तीसरा वर्ड कंप्लीट करने वाला ही था कि मुझे मेरे गाल पर एक वाइब्रेशन महसूस हुआ। एक भयंकर वाइब्रेशन। उसने मेरे गाल पर एक जोरदार थप्पड़ मारा। ऐसा लग रहा था कि वह या तो तैयारी करके आइ है या फिर उसने किसी सेल्फ डिफेंस की कोचिंग ले रखी है। प्यार तो कोई भी कर सकता है किसी से भी, मगर मुझे उस दिन समझ आया कि पूरे तीन शब्द कहना कितना मुस्कील है।

मैं राजीव के बगल में बैठा था और वह जोर-जोर से हंसे जा रहा था। हम हमारे घर के पास की ऊंची दीवार पर बैठे थे। मैंने राजीव की तरफ मायूसी से देखा और अचानक उसकी हंसी थम गई। यह शांति कुछ पल ही की थी और अचानक उसकी हंसी निकल पड़ी। और तेज। और जोरदार। और ज्यादा चिड़ा देने वाली। वह दीवार से उतरा और अपने पेट को पकड़ कर जोर जोर से हंसने लगा।

"मुझे तुम्हारी बात नहीं मानी चाहिए थी," कहते हुए मैं वहां से जाने लगा।

उसने मेरा हाथ पकड़ा और कहा, "सॉरी मगर ऐसे कौन पहली बार मे प्रपोज कर देता है, यार। वह तुझे जानती भी नहीं, तुझे उसका नाम तक नहीं पता, ऐसे ही किसी अनजान व्यक्ति को जाकर पर प्रपोज कर देना तो सरासर बेवकूफी है।"

"तुम ने ही मुझे ऐसा करने की सलाह दी थी। मैं अपने मन से नहीं गया था। कमिना साला।" मैंने उसे गाली देते हुए कहा।

"अरे यार, मैंने तो वह सब मजाक में कह दिया था और तुम मेरी बात सुनते ही वहां से निकल लिए उसे प्रपोज करने के लिए। तुम्हें अपने दिमाग का दिमाग का भी इस्तेमाल करना चाहिए था।" वह कहते हुए वापस दीवार पर बैठ गया।

"पता नहीं वह मेरे बारे में क्या क्या सोच रही होगी!"

"अगर वह तुम्हारे बारे में बारे में कुछ भी सोच रही होगी तो अभी मैं गारंटी के साथ कह सकता हूं वह तुम्हारे प्यार में पागल हो जाएगी।"

"भाड़ में गई तुम्हारी गारंटी," मैंने कहा हालांकि मैं उसी बात को सुनकर खुश था। "पता नहीं तुमने श्रेया को कैसे पटा लिया। तुम्हें प्यार की जरा भी कदर नहीं है।

इस बात का राजीव पर कोई असर नहीं हुआ। उसने मुस्कुराते हुए कहा, "तुम्हें ट्रेंड होने की जरूरत है।"

"किस फील्ड में?" मैंने अपनी अपनी भवें ऊपर करते पूछा।

"किसी भी लड़की को कैसे हमसे से प्यार करने के लिए कन्विंस करे।" उसने अपनी बात पर जोर देते हुए कहा।

"और ये ट्रेनिग मुझे कौन देगा?" मैन कहा।

"ऑफकोर्स, तुम्हारा सबसे प्यारा दोस्त राजीव। और कौन!" उसने खुद की ओर इशारा करते हुए कहा।

इस बार में हंस रहा था और वह मुझे शांत खड़ा देख रहा था। हालांकि वह हंसी नकली थी और मैं जानता था कि मेरी मदद सिर्फ राजीव कर सकता है।

"मैंने कितने महीने में श्रेया को पटाया तुम ही बताओ?" उसने चिढ़ते हुए कहा।

"तीन महीने में। मगर मेरे पास इतना समय नहीं है," मैंने कहा।

"अरे तुम्हारा दोस्त अब मास्टर बन चुका है इन चीजों का। चल एक शर्त लगाते हैं।" उसने मेरी और अपनी हथेली खोली और हथेली मेरे सामने करते हुए कहा, "पंद्रह दिन में वह लड़की तुम्हारी।"

"यह कैसी अजीब शर्त है!" मैंने कहा।

"मास्टर अपना कोर्स फ्री में नहीं देता। अगर तुम उस लड़की को पंद्रह दिन में अपने प्यार में फंसाना चाहते हो तो तुम्हें मुझे एक हजार रुपए देने पड़ेंगे। आखिरकार तुम एक रईस बाप की औलाद हो। एक हजार रुपए तुम्हारे लिए कोई बड़ी बात नहीं है। अपने मास्टर के लिए तुम इतना तो कर ही सकते हो।"

"और अगर पंद्रह दिन में वह लड़की मेरी ना हो पाई तो..." मैने उसे चैलेंज करतें हुए पूछा।

"तो मैं तुम्हें एक हजार रुपए दूंगा आनंद बाबू।"

यह मेरे लिए एक बढ़िया सौदा था। मेरे लिए एक हजार रुपए कोई बड़ी बात नहीं थी। मेरी एक महीने की पॉकेट मनी पंद्रह सौ थी। अगर पंद्रह दिन में जेबा को मुझसे प्यार हो गया तो मेरे एक हजार रुपए बर्बाद नहीं जाने वाले थे। इसलिए मैंने अपनी गर्दन हिला दी। यस।

उसने भी अपनी ट्रेनिंग शुरू करने में बिल्कुल भी वक्त नहीं लगाई। उसने अपनी बात शुरू की।

"पहला चैप्टर—इंट्रोडक्शन। लड़की को देखते ही उस पर टूट मत पड़ो। मेरी मम्मी कहती है कि लड़की एक किताब की तरह होती है। उसे उसका बाहरी कवर देख कर जज करोगे तो कभी समझ नहीं पाओगे। तो पहले उसके बारे में जानो।"

"तुम्हे तुम्हारी मम्मी ऐसी बातें बताती है!"

हां, मेरी मम्मी मेरी सबसे अच्छी दोस्त है, और यहां यह बात इंपोर्टेंट नहीं है कि मेरी मां मुझे क्या बताती है। इंपोर्टेंट यह है कि तुम्हें मैं क्या बता रहा हूं।"

मैं फिर वही खड़ा था और जेबा मेरी बगल में खड़ी बस का इंतजार कर रही थी। मुझे पता नहीं कि मेरा दोस्त बार-बार मुझे क्यों पिटने के तरीके से सुझा रहा था। मगर इस बार शर्त लगी थी इसलिए मुझे उसकी बात माननी पड़ी।

जेबा ने देखा कि मैं उसके बगल में खड़ा हूं और उसने बिना कुछ कहे अपना सर आगे कर लिया।

"मेरे दिल से मैं आपसे माफ़ी चाहता हूँ," मैंने अपना सर थोड़ा उसकी और करते हो कहा। उसने एक बार फिर मेरी तरफ देखा और बिना कुछ कहे अपना मुंह आगे कर लिया।

"मैं शर्मिंदा हूं। मुझे वह सब नहीं करना चाहिए था जो मैंने कल किया था।" मैंने अपना सर नीचे करते हो कहा।

अजीब बात थी उसने कुछ नहीं कहा। बस में बैठकर वह चली गई। मगर मैं खुश था कि मुझे इस बार कोई थप्पड़ नहीं पड़ा।

तीसरे दिन भी वही हाल था।

मैंने माफी मांगी और सामने से कोई जवाब नहीं आया। मैं उसके साथ बस में सवार हो गया और उसकी पिछली सीट पर बैठ गया।

"क्या वह गूंगी है?" मैंने राजीव से कहा।

"क्यों तुम्हें ऐसा क्यों लगता है?"

"तीन दिन बीत गए और उसने अब तक अपने मुंह से एक शब्द तक नहीं बोला।"

"दवा और दुआ धीरे-धीरे काम करती मेरे दोस्त। तुम बस वह करते जाओ जो मैं तुम्हें कह रहा हूं।"

चौथा दिन।

मैं उसकी पिछली सीट पर बैठा था। उसने मुझे इशारा करके अपनी सीट पर बुलाया।

"तुम क्यों रोज रोज मेरा पीछा करते हो? क्या चाहिए तुम्हें?" उसने कहा।

"तुम, सिर्फ तुम," मैंने फ्लर्ट करते हुए कहा, "और उसके लिए फिलहाल मुझे तुम्हारी माफी की जरूरत है।" मैंने यह बात पूरे कॉन्फिडेंस के साथ कही थी मगर मेरे दिल में डर के घुंघरू बज रहे थे। उसने फिर चुप्पी साध ली।

"तुम्हें हर्ट करने का मेरा कोई इरादा नहीं था और मैं तुम्हें गलत नजरों से भी नहीं देख रहा था। वह तो मैं तुम्हें देखकर हिपोनटाइज हो गया था। इस बार उसकी हंसी निकल पड़ी।

"हिपोनटाइज नही होता। यह हिपनोटाइज होता है।" वह यह कहकर मुस्कुराने लगी, अपना दाहिना हाथ अपने मुंह पर रखकर। मैं उसकी हंसी रुकने का इंतजार कर रहा था।

"हां, वही। हिपोनटाइज।" वह फिर हंसी और "सारी सारी" कहते हुए उसने अपनी हंसी को कंटोल किया। "वैसे, आपने अपना नाम नहीं

बताया।" मैंने धीमी आवाज में कहा। मगर शायद उसे मौन रहने की आदत थी।

"कोई बात नहीं, मेरा शुभ नाम है आनंद मिश्रा। मैं 'विजय श्री' विद्यालय में ग्यारहवीं कक्षा का छात्र हूं।" मैंने विजय श्री नाम पर जोर देते हुए कहा। यह यहां के सबसे टॉप विद्यालय में से एक था और केवल अमीर पिता की औलादें ही यहां पढ़ती थी। मैं उसे यह दिखाना चाहता था कि मैं एक अमीर पिता की औलाद हूं।

"तुम्हारी बर्थडेट क्या है?" उसने पूछा। हमारी उम्र के बारे में कोई बात नही चल रही थी और उसके अचानक पूछे गए इस सवाल ने मुझे थोड़ा चौंका दिया।

"13 जनवरी 1995," मैंने कहा। "मैं बीस साल का हूं।"

"मैं इक्किश वर्ष की हूं और मैं बारहवीं कक्षा की छात्रा हूं।" उसने मेरी और देखते हुए कहा, एक अजीब सी मुस्कुराहट के साथ। मैं समझ गया था कि वह मुझे क्या समझना चाहती थी। इसके बाद बस के पूरे सफर में मैं शांत रहा।

"वह मुझसे प्यार क्यों करेगी! वह मुझसे सीनियर है, बारहवीं कक्षा में पढ़ती है।" मैंने राजीव से ऊंची आवाज में कहा जब हम दीवार पर बैठे एक दूसरे से बातचीत कर रहे थे।

"प्यार एजुकेशन क्वालिफिकेशन नहीं देखता। इसलिए तो यह स्कूलों में नहीं पढ़ाया जाता," उसने कहा।

"उसकी उम्र भी मुझसे ज्यादा है।"

"कितनी?"

"वह इक्कीश साल की है। मैं केवल बीस का हूं।"

"प्यार उम्र नही देखता। क्रिकेट का भगवान कहे जाने वाले सचिन तेंदुलकर ने अंजली से 1995 में शादी की थी। शादी करते समय, सचिन की उमर केवल बाईस साल थी जबकि अंजली अठाईस साल की थी। अपने अभिषेक ने ऐश्वर्या राय से जब शादी की थी तो वह उससे उम्र में दो साल छोटा था।" उसने कहा।

"संच? मैं यह नहीं जानता था," मैंने आश्चर्य से कहा।

"ऐसे हजारों उदाहरण तुम्हे मिल जायेंगे जिनमे लड़का अपनी से ज्यादा उम्र की लड़की से शादी करता है; सैफ अली खान और अमृता सिंह, अर्जुन रामपाल और मेहर जेसिअ, धनुष और ऐश्वर्या आर धनुष। बहुत सारे है।" राजीव ने मुझे कहा," क्या तुमने उसकी उम्र और एजुकेशन देखकर उससे प्यार किया था?"

"नहीं। मेरे दिल ने मुझे ऐसा करने के लिए कहा, बस इसलिए। यह अब भी कहता है।"

"यह कमबख्त दिल! यह कहता है और हम करते हैं, हम करते हैं और ये कहता रहता है। यह कहना जारी रखता है।"

"मगर चार दिन बीत गए। अब तक मुझे उसका नाम तक नहीं पता।"

मैंने चार दिन की तो गारंटी नहीं दी थी। पंद्रह दिन बाद बात इसके बारे में बात करना मुझसे।" उसने मेरी शर्ट पर अपने गिलास में भरा पानी फैंकते हुए कहा।

"ओह, मेरी फेवरेट शर्ट!" मैंने शर्ट को छूते हुए कहा। यह पूरी तरह भीग चुकी थी।

"कल दूसरी शर्ट पहन के जाना। रोज रोज एक शर्ट कैसे पहन लेते हो। उसने कहा, "लड़कियों की ड्रेस की कोई तारीफ कर दे तो अगले दिन वह दूसरी ड्रेस पहनती है ताकि दूसरे दिन उनकी दूसरी ड्रेस की तारीफ की जाए। हम लड़कों की ड्रेस की तारीख होने पर हम उसे महीना पहनते हैं।" कहते हुए वहां से चला गया।

मैंने अपने दोनों हाथों से शर्ट की कॉलर को पकड़कर सूंघा। "क्या इसमें बदबू आ रही है! नहीं, यह मेरी फेवरेट शर्ट है।" मैं अकेले में बड़बड़ाया।

पांचवा दिन।

मैं बस में उसकी सीट के सामने खड़ा था। उसने मुझे अपने पास वाली सीट पर बुलाया। उसने अपना हाथ आगे बढ़ाते हुए कहा, "मैं जेबा बख्तियार। एक मुस्लिम लड़की हूं।"

"जेबा बख्तियार। बढ़िया नाम है।" मैंने तारीफ करते हुए कहा।

"तुमने शायद सुना नहीं। तुम एक मुस्लिम लड़की के प्यार में हूं, अगर मैं गलत नहीं हूं तो तुम हिंदू हो।"

प्यार में सब जायज है। और मुझे कोई फर्क नहीं पड़ता कि तुम हिंदू हो या मुसलमान। प्यार एजुकेशन, उम्र या धर्म नही देखकर नही किया जाता।"

"ओ रियली!" उसने मुस्कुराते हो कहा। मैंने अपनी शर्ट की जेब मे हाथ डाला और एक कागज का टुकड़ा निकाल कर उसके हाथ में दे दिया।

"यह क्या है," उसने पर्ची खोलते हुए पूछा।

"उसमें मेरा नंबर है। तुम्हें दस दिन बाद इसकी जरूरत पड़ेगी।" मैंने जवाब दिया।

"तुम सच में पागल हो।"

"हां। मैं हूं। तुम्हारे प्यार में। पूरी तरह से। और मैं पूरी जिंदगी पागल रहना चाहता हूं।" फ्लर्ट करते हुए मैंने कहा। उसका घर आने वाला था। हम बस से उतरे।

उसने जाते समय कहा, "ये शर्ट तुम पर बढ़िया लग रही है। आनंद, तुम इसमें स्मार्ट लग रहे हो।"

यह दूसरी शर्ट थी। एक येलो शर्ट। मुझे आज तक पता नहीं था कि यह इतनी अच्छी है। मैं अपनी येलो शर्ट को देख कर मन ही मन मुस्कुराने लगा। तभी राजीव मेरे पास आया।

"तुम! तुम यहां कैसे?" मैंने पूछा।

"यह जरूरी नहीं है कि मैं यहां क्यों हूं। यह इंपोर्टेंट है कि तुम कहां हो। तुम उधर देखो।" उसने जेबा की ओर इशारा करते हुए कहा, "अगर वह तुमसे प्यार करती है तो पलट कर जरूर देखेगी।"

हम दोनों उसके पलट कर देखने का इंतजार कर रहे थे और लगातार धीमी आवाज में बोल रहे थे "पलट, पलट, पलट ना।"

मगर वह मुड़ी नहीं। उसने एक बार भी पीछे मुड़कर नहीं देखा।

"उसे मुड़ कर नहीं देखा," मैंने चिंता जताते हुए कहा।

"तो वह काजोल और तुम शाहरुख नहीं," राजीव ने मुस्कुराते हुए कहा।

"और यहां पर भी शाहरुख की कोई मूवी नहीं चल रही।" मैंने कहा और हम दोनों ठहाका लगा कर हंस पड़े। मैं अभी भी उस पीली शर्ट को देख रहा था। घर जाकर उसको अपनी अलमारी में सबसे आगे की हैंगर में टांग दिया।

दस दिन बीत गए। दसवे दिन तक मैं यूं ही उसके साथ बस में सफर करता रहा और हमारी ढेर सारी बातें चलती रही। हम दोनो एक दूसरे के अच्छे दोस्त बन चुके थे। उसका एक भाई भी था। अफरोज। उसके अलावा उसका और कोई नहीं था। उसके माता पिता बचपन में ही गुजर चुके थे। यह दुख की बात थी मगर मैंने इसका इसमें अपना फायदा उठाया और उसका सबसे अच्छा दोस्त बन गया उससे इमोशनली बातें। करके प्रेम की शुरुआत दोस्ती से होती है।

"प्यार दोस्ती है। अगर वह मेरी सबसे अच्छी दोस्त नहीं बन सकती तो मैं उससे कभी प्यार कर नहीं सकता" SRK का मूवी 'कुछ कुछ होता है' का यह डायलॉग मुझे आज भी याद है।

आज ग्यारहवां दिन था। वह के लिए बस के इंतजार में थी। मगर आज मैं उसके पास नही था। बस से ज्यादा शायद वह मेरा इंतजार में थी इसलिए बार-बार इधर उधर देख रही थी। ठीक ऐसा ही उसके अगले दिन भी हुआ—बारवें दिन और तेरहवें दिन। मैं चाहते हुए भी उसके पास नहीं जा सकता था क्योंकि राजीव ने मुझे मना किया था। उसने कहा कि यह मेरी ट्रेनिंग का एक महत्वपूर्ण भाग है 'थोड़े देर दूर रहने से लम्बे समय तक प्रेम मिलता है।'

"तुम एक नंबर के बावकूफ इंसान हो। दस दिन लगा दिए मैंने उसे पटाने में। वो मुझे ढूंढ रही थी बस में, तुमने मुझे क्यों नहीं जाने दिया?" मैंने राजीव से कहा जब हम रात को बैठे हम दोनों मेरे घर में मूवी देख रहे थे।

"तुमने कहा था कि तुम वही करोगे जो मैं तुम्हे करने को कहूंगा। क्या तुम्हें मेरी ट्रेनिंग का कोई असर दिखाई नहीं दे रहा?" उसने कहा।

"हां, मगर ये कैसी शर्त है जिसमे पहले लड़की से मिलो, उससे बातचीत करो, उससे प्यार करो और फिर उससे कनेक्शन तोड़ दो।" मैंने टीवी का रिमोट लिया और टीवी बंद कर दिया। "मुझे तो टीवी देखने का

भी मन नहीं कर रहा। तुम्हारी ये फ़ालतू टिप्स!"

तभी मेरे फोन की नोटिफिकेशन बजने लगी। एक। दो। तीन।

"यह कंपनी वाले मैसेज भेजते थकते नहीं है क्या! वो दिन में हजार मैसेज भेजते है। मैंने अभी तो रिचार्ज किया था कुछ दिन पहले।" यह कहते हुए मैंने ना फोन उठाया और मैसेज ओपन किया।

"अरे राजीव! उसका मैसेज आया।" यह जेबा का मैसेज था। वह व्हाट्सप्प पर थी, वह अब भी मैसेज टाइप कर रही जा रही थी। 'क्या कर रहे हो? आजकल तुम मुझसे मिलने नहीं आ रहे।' इसके बाद उसने कुछ प्यार भरे इमोजी भेजे।

"क्या करू? रिप्लाई करू?" मैंने राजीव से उत्सुकता में कहा।

"क्या तुम पागल हो? तुम उसे रिप्लाई नहीं करोगे।"

"मगर क्यों? वह मुझसे बात करना चाहती है। वह अभी टाइप कर रही है।" मैंने राजीव जी से कहा, "मैं रिप्लाई कर रहा हूं।"

मेरे हाथ फोन के कीबोर्ड पर पडने से पहले राजीव का हाथ मेरे फोन पर पड़ा और उसने मेरे से फोन छीन लिया।

"नहीं। तुम उससे बात नहीं करोगे। तुम उससे बात करना चाहते हो और मैं यह इंश्योर करूंगा कि तुम उससे बात नहीं कर पाओ। आखिरकार हमारी शर्त लगी है।"

"ऐसी की तैसी तुम्हारी शर्त की।" कहते हुए मैंने उससे फोन छीन लिया। मेरे से टाइप करके लिखना चाहता था कि मैं उसे मिस कर रहा हूं मगर मैं ये कर नही सका।

चौदवा दिन।

मैं अपनी बहन साक्षी के साथ बाजार में था। बदकिस्मती से जेबा भी वहां मौजूद थी और उसने मुझे साक्षी के साथ देखा। मैंने अपना मुंह छुपाने की कोशिश की क्योंकि वह मेरी बहन खड़ी थी।

"पूरे दो दिन बीत गए। कहां थे तुम? मैंने तुम्हें कांटेक्ट करने की कितनी कोशिश की! तुम्हें व्हाट्सएप पर इतने सारे मैसेज भेजें, तुमने उनमें से एक भी रिप्लाई नहीं दिया।" जेबा मेरे पास आई और उसने प्रेम

भरे गुस्से से कहा, "ओह, तुमने दूसरी गर्लफ्रेंड बना ली। बस इतना ही था तुम्हारा प्यार?"

उसने मेरी बहन की ओर देखते हुए ईर्ष्या से कहा, "क्या नाम है तुम्हारा? तुम्हें पता नहीं। यह मेरा बॉयफ्रेंड है। जैसे इसने मुझे धोखा दिया है यह तुम्हें भी दे सकता है।" उसने मेरी ओर देखा और कहा, "और तुम इतनी जल्दी ही एक लव स्टोरी को हेट स्टोरी बनाने में तुल गए। पिछले दो दिनों से तुम्हारा फोन मैं ट्राई कर रही हूं। तुम जानबूझकर मेरा फोन पिकअप नहीं कर रहे थे ना। और करते भी कैसे नहीं गर्लफ्रेंड जो बना ली है तुमने।" वो लगातार बोलती जा रही थी।

मेरी बहन मजाक के मूड में थी और उसने उसे ईर्ष्या जताते हुए कहा, "ये मुझसे प्यार करता है। ये बचपन से मेरे साथ है और हम दोनों एक दूसरे से बेहद प्यार करते है।"

"क्या? बस यही सुनना बाकी रह गया था," जेबा ने मेरी ओर गुस्से से देखते हुए कहा।

मेरा बायां हाथ मेरे सर पर था और दाहिना हाथ बाएं हाथ पर। "यह मेरी बहन है।" मैंने उसके कान के पास होकर धीमे से कहा।

"बहन है तो क्या हुआ! तुम सिर्फ मुझसे प्यार कर सकते हो। और तुम इसे बचपन से जानते हो, तुमने इसके बारे में मुझे नहीं बताया।" वह बिना सोचे बोली जा रही थी और अचानक उसे समझ आया कि वह क्या कह रही थी। "क्या! यह तुम्हारी बहन है?" उसकी आवाज धीमी हो गई।

"हां, सब गड़बड़ हो गया।" मैंने बड़बड़ाते हुए कहा।

"क्या मेरा भाई मुझसे प्यार नहीं कर सकता? क्या सिर्फ उसकी गर्लफ्रेंड को ही उससे प्यार करने का हक है?" मेरी बहन अभी भी मजाक के मूड में थी।

"यह मेरी बहन है साक्षी, और साक्षी यह है— " मैं उन दोनों का परिचय करा रही रहा था।

"आपकी प्रेमिका और मेरी होने वाली भाभी। बहोत सुन्दर है। आपकी पसंद तो लाजवाब है भैया।" साक्षी ने चिड़ाते हुए कहा।

सब कुछ अच्छा चल रहा था। मेरा प्यार जेबा के लिए और मजबूत होता गया और हमारी ढेर सारी चैट्स व्हाट्सप्प में भरने लगी। दिन,

रात, सुबह और शाम मैं सिर्फ जेबा के बारे में ही सोचता रहता।

उस रात जब में बिस्तर पर लेटा हुआ उसके खयालों में खोया हुआ था। मेरे फोन की घंटी बजी। एक दो तीन। मैं उसके खयालों से बाहर नहीं निकलना चाहता था मगर फोन की घंटी बजे जा रही थी।

"हेलो" यह जेबा की आवाज थी। मंत्रमुग्ध कर देने वाली आवाज। दिमाग को आराम देने वाली। सबसे अलग। दिल के पास।

"हाय जेबा। ये तुम हो। मैं बस तुम्हे ही याद कर रहा था। तुमने अपने आशिक को कैसे याद किया आज?"

"तुम्ही ने तो कहा था कि दसवें दिन मुझे तुम्हारे मोबाइल नंबर की जरूरत पड़ेगी। तुम्हारी मुझे आज जरूरत पड़ गई। आज दसवां दिन है।" उसने प्यार भरी आवाज में कहा।

"तो बताइए। ये सेवक क्या सेवा कर सकता है आपकी?"

"मेरा भाई आज घर पर नहीं है। वो किसी काम से बाहर गया हुआ है। मैं आज रात अकेली हू। बिल्कुल अकेली।"

मुझे यकीन नही हो रहा था जो मैंने सुना। क्या यह जेबा की ही आवाज थी? हां, मैं उसकी आवाज अच्छे से पहचानता हूं। मैंने भगवान को धन्यवाद दिया क्योंकि उनकी मर्जी के बिना यह संभव नहीं था। आज जेबा खुद मुझसे मिलना चाहती थी और मुझे अपने घर बुला रही थी।

उसने फिर से कहा, "तुम आ रहे हो ना आनंद? मैं तुम्हारा इंतजार कर रही हूं।"

"तुम मजाक तो नही कर रही जेबा। रात ग्यारह बज रहे है। क्या मैं सच में आ जाऊ?" मैंने एक बार फ़िर कन्फर्म करने के लिए कहा कि क्या वह कोई संच में मुझे अपने घर बुला रही है।

"मुझे लगता है तुम नहीं आ पाओगे। तुम रहने दो," उसने कहा।

"नहीं। मेरा मतलब वो नही था। मैं पांच मिनट में पहुंच रहा हू।" मैंने यह कहते हुए अपना फोन धीरे से बेड पर रखा। एक गहरी सांस ली। और फिर बिना गाने के ही नाचने लगा। आलमारी से मेने वो येलो शर्ट निकाली। बालों में खुशबूदार तेल। बॉडी पर ढेर सारा परफ्यूम। आंखों पर

महंगा चश्मा। और फिर बाइक लेकर उसके घर निकल गया।

वो दरवाजे पर खड़ी मेरे इंतजार में थी। जैसे ही मैने दरवाजे की घंटी बजाई वो मेरे सामने घड़ी थी। खुले बाल। गुलाबी होठ। सफ़ेद शर्ट और हाफ-पैंट। वह बेहद ख़ूबसूरत लग रही थी। उसने सब तैयारी कर रखी थी हमारी रात को रंगीन बनाने के लिए। उसके कमरे में बिल्कुल कम रोशनी थी। सबकुछ बिल्कुल एक सपने जैसा था।

उसने दरवाजा बंद किया और मेरे पास पाकर मेरे शर्ट की बटन वाले हिस्से को दोनों हाथों से कसकर पकड़ लिया, अपना निचला होंठ चबाते हुए।

मैं बहुत नर्वस था। मैं पहली बार किसी लड़की को टच कर रहा था। मैंने ऐसा पहले सिर्फ फिल्मों में देखा था मगर हकीकत में यह बिल्कुल अलग था। मैंने आपने पैरों में हो रही झनझनाहट को काबू में किया और अपने हाथ उसकी कमर के ऊपरी भाग पर रखा। कमरे में इतनी शांति थी कि हम दोनों की सांसे आसानी से अलग अलग सुनाई पड़ रही थी। उसको मैंने अपनी ओर खींचा और दोनो के शरीर एक दूसरे से जा टकराए। मैंने अपनी उंगली उसके कान पर लटकी बालों की लट से नाक से होते हुए उसके होठ पर ले गया और फिर मैंने उसके गुलाबी होठों को चुम्मा। लंबे समय तक। जब तक कि उसके होठों का गुलाबी रंग मेरे होठों पर न आ गया हो।

वह रात में कभी नहीं भूल सकता जो मैंने उसके साथ उसके बिस्तर पर बिताई। सुबह हम दोनों बिस्तर पर पड़े एक दूसरे को निहार रहे थे।

"जेबा, कहते हैं जिंदगी चार दिन की होती है और मैंने तो अभी तुम्हारे साथ एक पल भी नहीं दिया। मैं अपनी सारी जिंदगी तुम्हारे साथ बिताना चाहता हूं। मैं तुमसे बहुत प्यार करता हूं। क्या तुम भी मुझसे उतना ही प्यार करती हो जितना कि मैं तुमसे करता हू?" मैंने कहा।

"तुम से कहीं ज्यादा। उतना जितना तुम सोच भी नहीं सकते," उसने जवाब दिया। हम दोनो एक दूसरे को देखे जा रहे थे।

"तुम्हे कॉफी पसंद है?" उसने बिस्तर पर लेटे लेटे पूछा।

"तुमसे ज्यादा नहीं।" मैंने फ्लर्ट करते हुए कहा।

"मैं तुम्हारे लिए कॉफी बनाकर लाती हूं।" यह कहती हुई वो बिस्तर से उठी और मैंने उसका हाथ पकड़ कर उसे फिर बिस्तर पर गिरा दिया।

"क्या मैं तुम्हारे होठों का रस पी सकता हू?" मैंने प्यार भरी धीमे स्वर में कहा। उसने मुझे कस के पकड़ लिया और एक जोरदार किस किया। हम दोनो बिस्तर पर लोट पोट हो रहे थे कि दरवाजे की घंटी बजी। एक दो तीन।

हम उसे इग्नोर करते हुए एक दूसरे को किस करने में डूबे हुए थे कि तभी जेबा ने दरवाजे की और देखा और धीमी आवाज में कहा, "भैया!" दरवाजे पर शायद उसका भाई खड़ा था। उसने जल्दी ही बिस्तर और बाकी सामान ठीक तरह से रखा।

"तुम यहां से चले जाओ" कहते हुए उसने मुझे घर के पीछे की खिड़की से कूदा दिया।

मैं पूरे रास्ते बाइक पर बैठा उसके साथ बिताए हुए पलों को याद कर रहा था और मुस्कुराए जा रहा था। मैं खुश था। बहुत खुश। इससे ज्यादा मुझे जिंदगी में और कुछ नही चाहिए था।

लेकिन तब...। उस सुबह। मैं अपने घर के दरवाजे की घंटी बजाए जा रहा था। एक दो तीन। दरवाजा खुला पड़ा था।

"साक्षी! मां... पापा! मैं कब से दरवाजा खटखटा रहा हू।" अचानक मेरे पांव थम गए। मेरी नजर हमारे घर के सेंटर में लगे झूमर पर गई। उस पर लटकी हुई एक रस्सी। और उस रस्सी से लटकती मेरी बहन साक्षी। उसने सुसाइड कर लिया था। उसकी गर्दन रस्सी के एक ओर मुड़ी हुई थी और कपड़े फटे हुए। उसका शरीर बिल्कुल ठंडा पड़ा था और हाथ खून से भरे हुए।

मैं दौड़ा हुआ उसके पास गया और उसके पैर पकड़कर रोने लगा, "साक्षी! ये क्या हो गया साक्षी! तुमने ऐसा क्यों किया?"

मेरी नजर बाएं ओर पड़ी जहा पर मेरे पापा की लाश पड़ी थी। मैं भागकर उसके पास खड़ा हो गया। ये कब हुआ? कैसे हुआ? मुझे कुछ समझ नहीं आ रहा था।

मेरी मां भी वही पास में आंगन पर पड़ी थी मगर अच्छी बात यह थी कि वो जिंदा थी। शायद उसने जो यहां घटते हुए देखा उसकी वजह से

उसने बोलने और सोचने की शक्ति खो दी थी। वह बिल्कुल मौन बैठी थी मेरे सामने जब पुलिस ने उनपर पानी डालकर उन्हें सोफे पर बैठाया।

"आपने किसी चीज को छुआ तो नहीं?" उन्होंने पूछा।

मेरी आवाज़ निकल ही नहीं पर रही थी। मैं बस साक्षी और अपने पिता के मृत शरीर की और देख रहा था। मैं सहमा और डरा हुआ था।

"चिंता मत करो। हम कातिल को ढूंढ निकालेंगे।" उसने मेरी कंधे पर हाथ रखा और सांत्वना देते हुए कहा।

"साहब, एक खत मिला है।" एक हवलदार कहता हुआ उस इंस्पेक्टर के पास आया।

इंस्पेक्टर ने थोड़ी देर उस खत को गौर से देखा और फिर उसने मेरी और देखा और कहा, "ये तुम्हारी बहन साक्षी का खत है। सुसाइड करने से पहले ये खत उसने तुम्हारे लिए लिखा है"। ये कहते हुए इन्स्पेक्टर ने खत पढ़ना शुरू किया।

"भैया, उसने हमारे साथ धोका किया है। उसे छोड़ना मत भैया। रात को तकरीबन साढ़े ग्यारह बजे थे। घर का दरवाजा खुला देख मैं घर का दरवाजा बंद करने जा रही थी। वह दरवाजे पर जेबा का भाई अफरोज खड़ा था। वो मुझसे पहले भी कई बार मिल चुका था और उसकी गंदी नजरे मेरे ऊपर थी। उसने मुझे कई बार परेशान भी किया था मगर मैने यह सोचकर आपको नही बताया था कि आपका और जेबा का रिश्ता खराब न हो जाए। मगर मैं नहीं जानती थी कि जेबा भी उतनी ही घटिया है जितना की उसका भाई अफरोज।" पुलिस इंस्पेक्टर ने मेरी और देखा और खत पढ़ना फिर शुरू किया।

"इससे पहले कि मैं उससे इतनी रात में आने का कारण पूछ पाती वो मुझ पर झपट पड़ा। उसने मेरा बलात्कार किया। उसने बताया कि जेबा ने आपको अपने घर बुला लिया और उसे हमारे घर भेज दिया। बाहर आवाज सुनकर मम्मी और पापा बाहर आए तो वो उसने gun निकालकर पापा को गोली मार दी। मम्मी बेहोश हो चुकी थी। मैं डरी हुई थी और गुस्से ने मैंने उसकी पीठ पर चाकू घोंपकर उसे मार दिया। मैं जिंदा नहीं रहना चाहती। मेरा बलात्कार हुआ है। इसलिए मैं सुसाइड कर रही हूं। और अब आपको उससे बदला लेना है, भैया। एक भाई को अपनी

बहन के लिए।"

मैंने थोड़ा दाहिने मुड़कर अपनी बहन के चेहरे को छुआ और उसके माथे को चूमा।

6

उन सफ़ेद आँखों का राज़

एक प्रचलित कहावत है, आपने शायद सुनी होगी, कि प्यार में लोग अंधे हो जाते है। गलत। बिल्कुल गलत। असल बात तो ये है कि अंधे लोग ही प्यार करते है। मैं अंधा था जो उसके प्यार के पीछे छिपे एक बहन के चेहरे को नहीं पहचान पाया। उसने मुझसे ज्यादा अपने भाई की हवस को ज्यादा महत्व दिया।

"ये कैसे साबित होता है कि उसमें जेबा भी शामिल थी। मैं ये कहना चाहती हूं कि हो सकता है वो खत किसी और ने लिखा हो और फिर— "

"मैं मेरी बहन साक्षी की राइटिंग अच्छे से पहचानता हूं। जब मैं पुलिस को लेकर जेबा के घर पहुंचा तो वो वहा से भाग चुकी थी। शायद उसे हमारे आने खबर पड़ गई थी। उसके भाई की लाश भी मेरे घर में ही पड़ी थी। पोस्टमॉर्टम फिंगरप्रिंट आइडेंटिफिकेशन (पी ऍफ़ आई) का इस्तेमाल करके उन्हे पता चला कि अफरोज की पीठ में मिले चाकू पर मेरी बहन के उंगलियों के ही निशान थे।"

"क्या पुलिस को फिर जेबा मिली? उसका फिर क्या हुआ?" अरनव ने कहा।

"पुलिस को जब जेबा नही मिली तो फिर उन्होंने उसकी खोज करना बंद कर दिया। उन्होंने यह कहकर केस बंद कर दिया कि जिस लड़के

ने रेप किया था वो पहले ही मर चुका है।" मैंने कहा, "मैंने तय किया कि मैं किसी भी हालत में उसे ढूंढ निकालूंगा। उससे मेरी बहन की मौत का बदला लूंगा। मैं एक भाई हूँ और अपनी बहन को इंसाफ में दिलाकर रहूंगा।"

मैने अपने बांए जेब में हाथ डालकर दो तस्वीर निकली, "मेरे पास दो तस्वीरें है और इन्हें मैं हमेशा अपने पास रखता हूं। एक जेबा और एक मेरी बहन की तस्वीर। मैं जेबा की तस्वीर लिए हर किसी से पूछता कि क्या किसी ने उसे कहीं देखा है।"

"हां। मैं जानता हूं। मैं तुम्हे उस दौरान मिला था और तुमने भी मुझसे यही सवाल किया था, "अरनव बोला। "क्या वो तुम्हे नहीं मिली?"

"वो मुझे मिली। मैंने रिक्शा चलाना शुरू कर दिया था यह सोचकर कि कभी न कभी किसी न किसी मोड़ पर वो मुझे जरूर मिलेगी। वो एक कार में बैठी थी। मैं उसके पास पहुंचने ही वाला था कि एक आदमी आया और उसे गाड़ी में बैठाकर वहां से ले गया।"

"वह कौन था। क्या तुम्हे पता चला?" मायरा ने पूछा।

"नहीं। मैं नहीं जानता वो कौन था और वो उसे मुझे बचाकर क्यों ले जा रहा था। हो सकता है वह उसका कोई नया प्रेमी था या फिर शायद बहुत पुराना। मैं बस उसका पीछा करता गया और उसने एक बड़े से मॉल के सामने अपनी गाड़ी रोकी। जब मैं गाड़ी के पास पहुंचा तो वहां कोई नहीं था। वो लिफ्ट से मॉल में टॉप फ्लोर पर पहुंच रहे थे। मैं बिना देरी के सीढ़ियों से पहुंचता जा रहा था। लेकिन..."

"लेकिन क्या?" क्या वो भाग चुकी थी?"

"जब में टॉप फ्लोर पर पहुंचा तो मुझे पता चला कि वो तकरीबन पांच सौ फीट की ऊंचाई से नीचे कूद चुके थे। शायद जल्दी भागने के चक्कर में उन्होंने नीचे छलांग लगा दी थी। उनके शरीर के टुकड़े टुकड़े हो चुके थे। वो मुझे और इस दुनिया को अलविदा कह चुकी थी बिना मेरे सवालों के जवाब दिए। मैं जिसके साथ कभी जीने के सपने देखा करता था, वो किसी और के साथ मर गई।"

मेरी यह कहानी सुनकर उस कमरे में सन्नाटा छा गया था। वहां पर लगी घड़ी की आवाज तक साथ सुनाई पड़ रही थी।

थोड़ी देर इस शांति के बाद अरनव ने कहा, "क्या मैं उसकी तस्वीर देख सकता हूं?"

"ये साक्षी है और ये जेबा।" कहते हुए मैने उसे तस्वीर पकड़ा दी।

अरनव उस तस्वीर को काफी देर तक एकटक देखता रहा। थोड़ी देर बाद उसने अपनी तर्जनी उंगली और अंगूठा ठोढ़ी पर रखते हुए कहा, "मैंने इसे कहीं देखा है। मगर याद नही आ रहा।"

"क्या तुम ज्योतिष हो! तुमने हर किसी को कहीं न कहीं देखा है," हंसते हुए मैने कहा। मगर उसने मेरी बात पर कोई ध्यान नहीं दिया। वह उस तसवीर को देखे जा रहा था। लगातार।

"कोई बात नही। जब याद आ जाते तो बता देना। वैसे भी वह अब कर चुकी है, "मैंने कहा।

हम दोनो की बात खत्म नहीं हुई थी कि मायरा ने कहा, "वैसे, तुम अब भी जेबा और साक्षी दोनों की तस्वीर अपने पास रखते हो। क्या तुम्हे अब भी दोनों से उतना ही प्यार है जितना पहले था?"

मुझे पता है मायरा मुझसे क्या जानना चाहती थी। मैंने जवाब दिया, "नहीं। दोनो की छवि मेरे दिल में बिल्कुल विपरीत है। साक्षी की तस्वीर मेरे पास अब तक इसलिए है क्योंकि वो मेरे दिल का एक टुकड़ा है। अपने दिल के टुकड़े को दूर नहीं करना चाहिए।"

"और जेबा?" उसने पूछा।

"उसने मेरे दिल के टुकड़े किए। मेरे दिल के टुकड़े साक्षी को मुझसे हमेशा-हमेशा के लिए अलग कर दिया। बरहाल, दिल टूटा पड़ा है और जेबा की तस्वीर मेरे पास होने से सीने में वही आग मैं महसूस कर पाता हू जिसकी मुझे आदत हो गई है और उसी दर्द के साथ मैं जीना चाहता हूं। मैं अपनी बहन की मौत का बदला नहीं ले सका। ये बात मुझे हर दिन सताती है और हर दिन मैं मरता हूं।"

अरनव ने नाक से उंगली उठाई और अचानक बोल पड़ा, "याद आ गया। मुझे सब याद आ गया।"

"तुम्हारी यादास्त तो बहुत तेज है। हमे भी बताओ। क्या याद आ गया है तुम्हे?" मैंने फिर हस्ते हुए कहा।

"यह लड़की जिंदा है। जेबा जिंदा है।"

"क्या बकवास कर रहे हो तुम। तुम जानते भी हो तुम क्या कह रहे हो?" मेरी बात थोड़ा गुस्सा झलकने लगा।

"हां। वह जिंदा है। मैंने उसे देखा है। अपनी आंखो से। मैं याद कर सकता हू जब मैं सिलीगुड़ी में किसी कारोबार के सिलसिले में उस घर में गया था। राजावत हाउस।

"राजावत हाउस?" मैंने पूछा।

"हां। वहां मीटिंग थी। वो जिस घर में रह रही है उनका एक बड़ा कारोबार है।" अरनव ने कहा, "और उसकी शादी हो चुकी है। असल में उसकी एक बेटी भी है।"

उसकी बात विश्वास करने लायक नही थी। मैंने खुद उसकी लास देखी थी। मगर अरनव की बात को भी झुठलाया नहीं जा सकता था। मेरे अंदर फिर प्रतिशोध की वह आग जल उठी।

"अगर यह सच है तो मैं उसे जिंदा नहीं छोड़ूंगा।" मैंने गुस्से में कहा।

"इसका मतलब तुम अपनी बहन को दिए वादे को भूल गए। क्या तुम्हे याद नहीं मरते वक्त उसने तुमसे क्या मांगा था?" अरनव ने कहा।

"क्या मतलब?"

"उसने तुमसे वादा लिया था कि तुम उससे बदला लोगे। उसे इतनी आसान मौत देने से तुम्हारा बदला खत्म नहीं होगा। ये ये सिर्फ तुम्हारे गुस्से को शांत करेगा। वो भी कुछ समय के लिए।" अरनव बिल्कुल सही कह रहा था। किसी को मुक्ति देनी है तो उसे एक बार मार दो। लेकिन अगर किसी से बदला लेना है तो उसे हर रोज मारो। उसे न तो जिंदा छोड़ो और न ही उसे मरने दो।

"मैं जानता हू आनंद। मैने भी अपनी बहन को खोया है और मैं उनसे उसका बदला भी नही ले सका। अगर तुम्हारी बहन के साथ हुए बलात्कार का बदला लेने मैं तुम्हारी मदद कर सकुगा तो मैं भी अपने आपको एक भाई कहने के लायक हो पाऊंगा।"

"तो मुझे क्या करना चाहिए?" मैंने उससे सलाह मांगते हुए कहा।

अरनव ने मेरी ओर मुस्कुराते हुए कहा, "तो चले फिर। सिलीगुड़ी।"

हम दोनो पश्चिम बंगाल के छोटी सी सिटी सिलीगुड़ी निकल गए। वहां जाकर हमें पता चला कि जेबा राजावत हाउस में आद्या नाम से रह

रही थी। उसने शादी भी कर ली है और उसकी एक बेटी है - प्रिया। उसका पति कुछ महीने पहले कैंसर से मर गया था। यह मेरे लिए बढ़िया मौका था।

वो काला कोट, काली टोपी, काले जूते और सफेद आंखों वाला व्यक्ति मैं ही था जिसे देखकर जेबा ने यहां तक की पुलिस को भी खबर कर दी थी। ये सब हम उसमे डर पैदा करने के लिए कर रहे थे। उसने मुझे मेरे ही अपनों से दूर कर दिया। अब मेरी बारी थी उसे यह दिखाने की कि अपनों से दूर होने का डर कैसा होता है।

ऐसा करने में अरनव ने मेरी बहुत मदद की। जब मैं अपनी सफेद आंखों से जेबा का ध्यान खींच रहा होता तो अरनव उसकी बेटी को उठाकर बेड के नीचे रख देता। हौले से ताकि उसकी बेटी की नींद न टूट जाए। हम ऐसा करने में हर बार सफल हुए और हर बार जेबा को लगा कि उसकी बेटी अंधेरे में गायब हो जाती है।

"तुम्हारा आइडिया काम कर रहा है, अरनव," मैंने हंसते हुए अरनव से कहा। हम दोनो ग्लास में शराब लेकर बातें कर रहे थे और अपनी पहली सक्सेस की खुशी मना रहे थे। "वह सच में डरी हुई है। हमारा अगला स्टेप क्या होगा?"

"फिलहाल तो ये पूरी बोतल खत्म करना है।" उसने शराब की बॉटल उपर उठाते हुए कहा, "उसके बाद हमें राजावत हाउस में एंटर करना है। वहां उसके घर में रहकर उससे अच्छी तरह से बदला ले पाएंगे।"

"मुझे लगता है अब तुम्हे शराब चढ़ गई है। क्या वह मुझे देखकर पहचान नहीं लेगी। वह मेरी सकल जानती है और मुझे देखकर उसे साफ पता चल जायेगा कि ये सब मैं कर रहा हू।" मैंने उसे समझाते हुए कहा।

"तुम अपना नाम बदलकर वहां जाओगे।"

"क्या बकवास है! नाम बदलने से सकल नही बदलती। हम कल बात करेंगे। तुम अभी बात करने की हालत में नहीं हो।"

"नहीं। मैंने सारा प्लान तैयार कर लिया है। तुम बस मुझ कर भरोसा रखो और जैसा जैसा मैं कहूं वैसे वैसे तुम करते रहना।" उसने अपनी बात पूरी करते हुए कहा, "उसके लिए तुम दूसरी जगह से आए एक व्यापारी होगे। तुम उसे पहचानने से साफ साफ इंकार कर दोगे। मुझे बस इतना

ही चाहिए। बाकी मैं देख लूंगा।"

"मगर— "

मेरी बात को बीच में रोकते हुए उसने शराब की बॉटल टेबल पर जोर से रखी और बोला, "मुझे अभी नींद आ रही है। सुबह तैयार रहना। हम राजावत हाउस चल रहे है।" वह रूम की ओर जाता चिल्लाते हुए बोला, "आठ बजे। ध्यान रहे, तैयार रहना।"

मुझे नहीं पता कि उसने उस रात ज्यादा पी ली थी इसलिए ऐसी बाते कर रहा था। मैं बाहर खड़ा उसका इंतजार कर रहा हूं। साढ़े आठ बज गए है और वह अब तक तैयार होकर बाहर नहीं आया है।

एक सरदार ने मेरे सामने आकर अपनी भौंहों को दो तीन बार ऊपर नीचे किया। वो शायद कहीं जा रहा था और मुझसे बुझ रहा था कि क्या वो अच्छा लग रहा है। मैंने भी दाहिने हाथ की तर्जनी उंगली और अंगूठा जोड़कर O का आकर बनाते हुए दर्शाया कि वो बहोत बढ़िया लग रहा है।

मैंने अरनव को आवाज लगाई, "अरे भाई, अरनव, इतना समय तो औरतें श्रृंगार करने में नहीं लगाती। क्या कर रहे हो, जल्दी आवो!"

वो आदमी फिर से मेरे सामने आ खड़ा हुआ और अपनी मूछों को ताव देने लगा। 'क्या वह पागल है?' मैंने सोचा।

"नहीं पहचाना? गजब!" उसकी आवाज साफ साफ अरनव की आवाज से मेल खा रही थी। "अरे मैं अरनव ही हूं आनंद बाबू।" उसने अपने कोट की कॉलर को ऊपर खींचते हुए कहा।

"ओह, ये तुम हो।" मैंने आश्चर्य में कहा।

"हाँ।" शब्द को लंबा खींचते हुए वो हंसने लगा।

"तुम इसमें बहुत अच्छे लग रहे हो। मगर तुमने ये दाढ़ी मूछ क्यों लगाई है?" मैंने पूछा, थोड़े आश्चर्य के साथ।

"तुम भूलकड़ हो। मैंने तुम्हे बताया था ना कि मैं पहले ही उसके घर जा चुका हूं। वो तो मुझे देखते ही पहचान जायेंगे अगर मैं बिना दाढ़ी और मूछ के चला गया तो। रिस्क नही लेना इस काम में।"

"अच्छा। तुम रिस्क नही लेना चाहते। क्या वो मुझे नही पहचान पाएगी जब वो मुझे देखेगी? उसे पता चल जायेगा कि उसे डराने का नाटक मैं ही कर कर था। और फिर सारा प्लान चौपट हो जायेगा।"

"तुम घबराते बहुत हो। मैंने सारा इंतजाम कर रखा है।" कहते हुए उसने अपनी जेब में हाथ डाला और तीन चार अलग अलग तरह की मूछ निकालकर मेरे सामने रख दी।

"तुम थोड़ा खर्चा करके दाढ़ी नहीं ला सकते थे। सिर्फ मूछ में वो मुझे पहचान गई तो?" मैने उनमें से एक मूछ उठाई और उसे अपने नाक के नीचे चिपका लिया।

"अरे सात साल हो गए उसे तुम्हे देखे हुए। ऐसे कैसे पहचान लेगी। और मूछ में तो तुम्हे मै नही पहचान पा रहा, वो क्या खाक तुम्हे पहचानेगी।"

"हे भगवान। इसकी बुद्धि लौटा दो।" मैं धीरे से बड़बड़ाया। "अब चले?"

"क्यों नहीं। काली रंग की और लंबी कार हमेशा से ही मेरी पसंद रही है। चलो, जल्दी चलो। अब समय बर्बाद मत करो।" वह गाड़ी मैं बैठते हुए बोला। हम अब मंजिल के करीब थे। जिस लड़की को ढूंढने में मैंने अपनी जिंदगी के सात साल दे दिए थे आज मैं उसी के पास उसी के घर में उससे बदला लेने का रहा था।

7

दार्जीलिंग

"ये क्या! डायरी तो यहीं खत्म हो गई। इसके आगे के पेज तो खाली है।" मैंने पेज पलटते हुए कहा। मैंने उत्सुकता में जल्दी जल्दी पेज पलते कि कहीं आनंद ने उसके आगे की कहानी लिखी हो। मगर इसके बाद उसने कुछ नहीं लिखा था। मैंने डायरी टेबल पर रखी और सिगरेट जला कर धुएं की एक लंबी फूंक मारी।

"पाठक, इस डायरी को पढ़कर यह तो तय हो गया कि आनंद के पास जेबा को मारने की वजह थी। वो यहां से भाग गया, ये दूसरा संकेत हैं कि जेबा का कत्ल उसी ने किया है।" मैंने कहा, "पेंसिल लोगों को अपने कारनामें बताने के काम आती है और रबड़ उन कारनामों के सबूत को मिटाने में। उसने पेंसिल का इस्तेमाल तो कर लिया मगर अब वो रबड़ का इस्तेमाल करेगा ताकि हम उसे कातिल साबित ना कर पाए।"

"साहब, आप इतने यकीन से कैसे कह सकते हो कि कत्ल आनंद ने ही किया है?" पाठक ने पूछा।

"उसकी बहन की मौत उसके घर के ठीक बीच में लगे झूमर पर लटकर सुसाइड करने से हुई थी। जेबा की बॉडी भी मुझे उसी हालत में मिली थी जब मैं राजावत हाउस गया था। घर के ठीक बीच में एक पंखे पर लटकते हुए। इन दोनों में एक बात कॉमन हैं।"

"क्या?" पाठक ने उत्सुकता से पूछा।

"मर्डर करने का तरीका। उसने जेबा को ठीक वैसे ही मारा जैसे उसकी बहन की मौत हुई थी। एज़ सिंपल एज़ इट इज." मैंने जवाब दिया, अपने दोनो कंधे उचकाते हुए।

"और उसको मारते वक्त, हो सकता है कि, जेबा की सास और ननद वहां आ गई और उसने उनको भी मार दिया।" पाठक ने सोचते हुए कहा।

"हां। मगर उसका प्लान उन्हें मारना नहीं था। वह पूरी तैयारी करके आया था और उसने जेबा को मजबूर किया एक वीडियो क्लिप रिकॉर्ड करने के लिए।"

"वीडियो क्लिप?" पाठक ने पूछा।

मैंने अपने जेब से अपना फोन निकाला और वह क्लिप प्ले करके उसको वह फोन दे दिया, "मुझे यह वीडियो जेबा के घर मिला। उसकी लाश के पास।"

"ये वीडियो देखने का हक तो हमें भी होना चाहिए इंस्पेक्टर साहब।" पुलिस स्टेशन के दरवाजे से एक आवाज आई। हमने उस ओर देखा तो वहां पर एक पैंतीस वर्षीय व्यक्ति खड़ा था। वह शरीर से फिट था और हमे देखकर मुस्कुरा रहा था। उसके पहनावे से ऐसा लग रहा था जैसे वह कभी कोई सरकारी कर्मचारी रहा हो। आंखों पर पारदर्शी चश्मा, सर पर छोटे छोटे बाल, बिना मूछ और दाढ़ी के और पैंट पर एक ब्लैक बेल्ट बांधे हुए।

"तुम कौन हो?" मैंने उसकी और देखते हुए पूछा।

उसने अपना हाथ मेरी और बढ़ाया और बोला, "हाय, मैं आरव शर्मा। मैं एक फॉरेंसिक अफसर हूं और इस केस के लिए नियुक्त हुआ हूं। डी एस पी फौजदार ने मुझे यहां भेजा है, इस केस में तुम्हारा साथ देने के लिए।"

मैंने उससे हाथ मिलाया और कहा, "वैसे, इस बार फॉरेंसिक ऑफिसर की कोई जरूरत नहीं है। ये केस तो मैं पहले ही सॉल्व कर चुका हू और शायद अपराधी का पता भी चल गया है। बस उसे पकड़कर सलाखों के पीछे करना है।"

"मिस्टर विवेक उपाध्याय, ये जो **शायद** शब्द है बड़ा ही अजीब है। जिस किसी वाक्य के आगे आकर खड़ा हो जाता है, उसके होने की

संभावना को सत्तर प्रतिशत तक कम कर देता है"। उसने मेरे हाथ से सिगरेट ली और अपने मुंह से धुंआ छोड़ते हुए कहा,"'आनंद ने जेबा का कत्ल किया है।' ओके। आप यकीं के साथ कह सकते हो की वही कातिल है। मतलब सौ प्रतिशत संभावना। 'शायद आनंद ने जेबा का कत्ल किया है।' केवल तीस प्रतिशत संभावना है। हम 'शायद' शब्द के आधार पर किसी को गुनेहगार नहीं ठहरा सकते।"

"तुम आनंद के बारे में क्या जानते हो?" मैंने आश्चर्य से पूछा।

"मैं भी उतना ही आनंद के बारे में जानता हूं जितना की आप जानते है। मैं सबसे पहले राजावत हाउस पहुंचा और आपके ही किसी कांस्टेबल को यह डायरी वहां मिली।" उसने टेबल पर पड़ी वह डायरी उठाते हुए कहा, "यह डायरी पढ़ने के बाद ही मैने यह आपको भिजवाई थी।"

"लाजवाब। बहुत तेज दिमाग वाले मालूम होते हो। मुझे आशा है कि आपके साथ इस केस में काम करने में मजा आने वाला है," मैंने उसकी तारीफ में कहा।

"मुझे बहुत खुशी होगी अगर मुझे भी आपके साथ ये केस सॉल्व करने में मजा आया तो," उसने कहा और वह सिगरेट मेरे हाथ में थमाकर वहां से चला गया। उसकी बातें अजीब थी। मगर सच थी।

"अब क्या? अब आप क्या करने वाले है साहब?" पाठक ने पूछा।

"अगर कोई पेड़ बड़ा नहीं हो रहा तो इसका मतलब यह है कि हम उसकी जड़ में नहीं टहनी में पानी डाल रहे थे।"

"आप ये क्या कहते रहते है साहब! मुझे कुछ समझ नहीं आता।" पाठक ने उलझन में कहा।

"मैंने तुम्हे बताया था कि हर एक क्रिमिनल की अपनी एक कहानी होती है जो उसे मजबूर करती है कोई क्राइम करने के लिए। आनंद की कहानी हमे पता चल गई। अब बस उसकी जड़ तक जाना है।"

"आपका मतलब हम दार्जिलिंग जा रहे है? बतासिआ लूप?"

"एकदम यही। एज़ सिंपल एज़ इट इज।" कहते हुए हम चल दिए क्वीन ऑफ़ हिल के नाम से विख्यात दार्जिलिंग की पहाड़ियों की ओर।

दार्जिलिंग के रास्ते बहुत घुमावदार है और यह मीन सी लेवल से दो हजार मीटर ऊपर है। यहां की ओश की बूंदें एक पल के लिए आपको ढक

लेगी और एक पल के लिए आपको स्वर्ग का अनुभव करा देगी। यहां के रास्ते बहुत घुमावदार है और आपको चढ़ाई करने में उतना ही जोर आएगा जितना वहां से उतरने में मजा। यहां आपको सैंकड़ों पर्यटक मिल जायेंगे जो एक दूसरे की फोटो खींच रहें है और प्रकृति की सुंदरता का आनंद ले रहे है। हमने कई जगह अपनी गाड़ी रोकी और उसकी तस्वीर दिखाते हुए हर एक व्यक्ति से पूछा कि क्या वे आनंद को जानते हैं।

काफी चलने के बाद एक बुढ़िया मिली। वह करीब उनतालीस की थी। वह केवल कुछ ही मिनटों के लिए जीवित रहने वाली थी और कुछ ही समय में वह इस संसार के मोह से मुक्त होने वाली थी।

"क्या आप इसे जानते हो?" मैं उसके सामने चिल्ला रहा था, लेकिन उसकी ओर से कोई प्रतिक्रिया नहीं थी। अपनी सांस के अंतिम क्षण में वह मेरे द्वारा दिखाए गए चित्र के बारे में याद कर रही थी। वह सबसे उम्रदराज महिला थी जिसे हमने पाया, और बुजुर्ग लोग सब कुछ जानते हैं, हम यह जानते हैं। लेकिन दुर्भाग्य से, वह सबसे बुजुर्ग थीं। और सबसे बुजुर्ग लोगों की याददाश्त कम होती है।

हमने उसका घर मिलने की उम्मीद लगभग छोड़ दी थी। इतने में हम जाने लगे, तभी... पीछे से आवाज आई।

"धनराज सेठ।"

"धनराज सेठ..." मैंने पाठक से कहा, "अब तक हम आनंद का घर ढूंढ रहे थे। मगर यहां पर उसका घर धनराज सेठ के नाम से जाना जाता है। उसने बताया था अपने पिता का नाम जो एक समय बड़े बिजनेसमैन हुआ करते थे।"

"चलो फिर धनराज सेठ के घर। आज वहां चल ही लिया जाए।" कहते हुए पाठक ने गाड़ी स्टार्ट की और इस बार हम पहुंच गए मिश्रा हवेली। मगर घर पर ताला लगा था और ये घर काफी पुराना लग रहा था। ऐसा लग रहा था कि यहां काफी समय से कोई नहीं रह रहा था।

"ये क्या साहब? यहां तो ताला लगा है।" पाठक ने कहा।

"सुनिए..." पास से गुजर रही एक महिला को पुकारते हुए हमने कहा, "यहां पर धनराज सेठ रहा करते थे। उनके बेटे से हमें मिलना है। मगर घर पर ताला लगा है। क्या आप जानती है वो सब कहां गए?"

"सब कौन? सब कोई तो मर गया। धनराज जी का बेटा और उनकी पत्नी जिंदा बच्चे थे जिनमे से उनकी पत्नी सदमे में रहती है।" उसने कहा "वैसे, आप कौन?"

"जी, हम उनके बेटे आनंद के दोस्त है, उससे मिलने आए थे। इधर से गुजर रहे थे, सोचा उससे मिलते जाए।"

उसने अपनी उंगली से एक घर की ओर इशारा करते हुए कहा, "वो दूर जो घर दिख रहा है, जिस पर नारंगी पेंट किया हुआ है, वहीं उसकी मां रहती है। उनके साथ एक लड़की रहती है देखभाल के लिए। बेटे को फुरसत नहीं होती इसलिए वो दो तीन सप्ताह में अपनी मां से मिलने आ जाया करता है।"

हम गाड़ी में बैठ गए। "उसकी बूढ़ी मां तो सदमे में है जब से उसकी बेटी और पति की मौत हुई है। वो बात नही करती। सिर्फ इशारों में समझाती है।" वह अब भी बोले जा रही थी और हम काफी दूर निकल चुके थे।

"आख़िरकार हम पहुंच ही गए।" खड़े होकर अपने दोनों हाथ कमर पर रखकर और घर को देखते हुए पाठक ने कहा। मैंने पाठक की और देखा और उसने झट से अपने दोनो हाथ नीचे कर लिए।

हमने दरवाजा खटखटाया।

"जी? आप कौन?" तकरीबन उनतीस साल की एक महिला दरवाजे पर खड़ी थी।

"जी मैं कोंस्ट— " पाठक बोल ही रहा था कि मैंने उसके कंधे पर हाथ रखकर उसे इशारों में उसे चुप होने को कहा।

"हम आनंद के दोस्त है। हम उसकी माताजी का हाल चाल पूछने आए है।" मैंने बिना किसी हिचकिचाहट के साथ कहा, "आनंद ने हमे यहां उनकी मां का हाल पूछने के लिए भेजा है।"

"यहां कोई आनंद और उसकी मां नही रहती।" कहते हुए उसने दरवाजा जोर से बंद कर दिया।

मैंने पाठक की और गुस्से भरी नजरो से देखा और पाठक बोला, "माफ करना साहब। लेकिन ये औरतें होती ही ऐसी है। मेरी बीवी भी ऐसा ही करती है जब मैं दरवाजे पर खड़ा रहता हूं। मुझे देखकर दरवाजा

खोलने के बजाए उसे बंद कर देती है।"

"शट ऑफ योर माउथ, पाठक।" मैंने डाटते हुए कहा।

हमने एक बार फिर दरवाजा खटखटाया।

"जी?" वह और फिर से सामने खड़ी थी, "आपको क्या प्राब्लम है? मै आपको पहले ही बता चुकी हूं यहां कोई आनंद और उसकी मां नही रहती।" वो फिर से दरवाजा बंद करने वाली थी कि मैंने दरवाजा पकड़ा और घर मैं घुस गया।

"ये क्या बदतमीजी है! आप एक अकेली लड़की के घर में घुस रहे है। मैं पुलिस बुला लूंगी।" उसने हमारे पीछे-पीछे आते हुए कहा।

वह व्हील चेयर पर एक बूढ़ी महिला बैठी थी। शायद वह आनंद की मां थी। मैं उसके पास जाते हुए बोला, "नमस्कार माताजी! हम आनंद के दोस्त है। आनंद ने हमे यहां बुलाया था। वो दिख नहीं रहा। कहां है वो?"

"साहब, आप पूछ भी ऐसी औरत से रहें है जो बोल ही नहीं सकती।" पाठक ने मेरे कान में फुसफुसाते हुए कहा।

उस बूढ़ी औरत ने अपने बाएं तरफ किचन की ओर देखा। तभी एक बर्तन गिरा। मैं वहां किचन के पास जा रहा था कि वहां पड़ी टेबल के पास से आनंद निकालकर भागा। मैं उसको पकड़ने के लिए पीछे दौड़ा।

"आनंद का दोस्त है। कई दिनों बाद मिलें है तो थोड़ी भागदौड़ के बाद गलें लगेगे। मैं भी चलता हूं" उसकी माताजी को कहता हुआ पाठक मेरे साथ उसका पीछा करने लगा।

"कहां जाओगे आनंद बाबू!" मैंने उसके शर्ट की कॉलर पकड़ते हुए उसे जमीन पर गिरा दिया।

"मैंने गुनेहगार नहीं हूं। मैंने कोई कत्ल नहीं किया है।" आनंद तोते की तरह बड़बड़ाने लगा।

"गुनेहगार नहीं है तो जेल से क्यों भागा था? तुम्हारी वजह से मुझे साहब से डांट खानी पड़ी।" पाठक ने कहा।

मैंने पाठक की और देखा और कहा,"शट ऑफ..."

8

अंतिम पृष्ठ

आनंद कुर्सी पर बैठा था और उसके हाथ कुर्सी सी बंधे हुए थे। वो बिलकुल शांत बैठा था, अपनी गर्दन नीचे किए हुए। पास ही मैं पाठक डंडा लिए हुए खड़ा था। वैसे वो यह डंडा सिर्फ डराने के लिए रखता था और पाठक ने कभी उसका इस्तेमाल नही किया था।

"कितनी आसानी से यह केस सॉल्व हो गया। तुम बस अब इतना बता दो कि तुमने जेबा को क्यों मारा?" मैंने गुस्से में आनंद से कहा।

"मैं आपको कितनी बार बता चुका हूं कि मैंने जेबा को नहीं मारा।" उसका जवाब अब भी यही था।

"तो फिर तुम क्या तुम उसके घर क्यों गए थे? उसको रात भर डराना, उसकी बच्ची को गायब करना, ये सब तुम्हारा ही काम था। क्या नही था?"

"इसका मतलब आपने मेरी डायरी पढ़ ली। "

"हां। हम पुलिस है और हमे किसी की पर्सनल डायरी पढ़ने के लिए उसकी इजाजत की जरूरत नही।" कहते हुए मैने पाठक के हाथ से डंडा अपने हाथ में ले लिया, "तुम अपना गुनाह कबूल करोगे या फिर मुझे तुमसे कबूल करवाना पड़ेगा!"

"गुनाह किया होता तो कबूल भी कर लेता, साहब।" वो निडर आसानी से जवाब दे रहा था।

"गुनाह तो तुमने किया है। तुम जेबा के घर में मेहमान बनकर रह रहे थे और मौका मिलने पर उसको मार दिया। ये सब तुमने अपनी बहन की मौत का बदला लेने के लिए किया था। उसका भाई अफरोज तो पहले ही मर चुका था और तुम उसकी तलाश में यहां तक आ पहुंचे।"

"मैं चाहता तो उसे मैंने कभी का मार दिया होता। मगर मैं ऐसा नहीं करना चाहता था।" उसने जवाब दिया, "और अफरोज तो महज एक प्यादा था, शतरंज के उस खेल का जो मेरे साथ खेला गया था।"

"और ये शतरंज का खेल कौन खेल रहा है तुम्हारे साथ?"

"वही जिसने जेबा का कत्ल किया है। वो नहीं चाहता था कि मुझे पता चले कि मेरी बहन का रेप जेबा के भाई ने नहीं किया था।" उसकी बातें अजीब थी मगर संच प्रतीत हो रही थी। "उसने हमेशा मुझे प्यार किया और मैं उससे नफरत करते रहा। जब उससे मिलना चाहा तो वो मुझे मरी हुई मिली, घर के बीच एक झूमर पर लटकती हुई।"

"ये क्या बकवास कर रहे हो तुम? तुमने कोई नई कहानी रची है क्या? तुम हमे बेवकूफ बनाना चाहते हो," मैंने गुस्से में कहा।

"बेवकूफ तो मुझे बनाया गया था पिछले। सात सालों से मैं बस यही सोचता रहा कि जेबा और उसका भाई मेरी बहन की सुसाइड का कारण है। मेरी इस बेवकूफी ने मुझसे मेरी बेटी प्रिया को भी छीन लिया।"

"क्या? क्या तुम जेबा की बेटी प्रिया की बात कर रहे हो?" मैंने आश्चर्य में कहा, "क्या वह तुम्हारी बेटी है?"

पहली बात तो यह कि जिस जेबा से बदला लेने के लिए उसने अपनी जिंदगी के सात साल लगा दिए आज उसी को वह बेगुनाह बोल रहा था। दूसरी बात, वह प्रिया को अपनी बेटी बता रहा था। मुझे पता है कि उसकी बात पर विश्वास करना बिलकुल बहुत मुश्किल था। एक जिम्मेदार पुलिस इंस्पेक्टर के होने के नाते मुझे केवल उसकी बातें सुनकर उस पर विश्वास करना भी नहीं चाहिए।

उसने अपनी पॉकेट से एक मेमोरी कार्ड निकाला और मुझे पकड़ाते हुए बोला, "यह चिप इस बात का सबूत है, यह खुद जेबा ने मुझे भेजी थी। इसमें उसने रिकॉर्ड करके सब कुछ बताया था जो वो जानती थी।"

मैंने उस चिप को फोन में डालकर देखा तो उसमे केवल एक वीडियो पड़ी थी। वो वीडियो ओपन करके देखा तो मेरे होश उड़ गए। जेबा उसे खुद बता रही थी कि प्रिया उसके पति शिवम की नहीं बल्कि आनंद की बेटी है।

"प्रिया अभी कहां है? वह हमे बता सकती है, जेबा के साथ उस शाम क्या हुआ था," मैंने पूछा।

"पता नही। शायद कातिल उसे भी अपने साथ ले गया। वह लापता है। मैने यहां से भागने के बाद उसको हर जगह ढूंढा मगर वो कहीं नहीं मिली," आनंद ने उतरे हुए मुंह से कहा।

हो सकता है यह आनंद की कोई चाल हो और प्रिया उसी के पास हो। मगर उसकी आंखे झूठ नही बोल रही थी। मेरा दिल मुझे बार बार कह रहा था कि वो बेकसूर है। मगर एक जिम्मेदार पुलिस इंस्पेक्टर होने के नाते मैंने दिल और दिमाग में से दिमाग को चुना और मेरे दिमाग ने यही कहा कि मुझे उससे उसकी आगे की कहानी जानना चाहिए जो उसने डायरी में आगे के पन्नों पर नहीं लिखी थी।

"क्या तुम डायरी के आगे के पन्नों के बारे में बताओगे जो तुमने नहीं लिखे?" मैंने पूछा।

उसने मेरी ओर देखा और समझ गया कि मैं उस पर अब भी शक कर रहा था। उसने उसके आगे की कहानी शुरू की।

(((

पांच दिन पहले की बात है।

हमारी कार एक बड़ी सी बिल्डिंग के पास जा रुकी। अरनव ने दाहिने और उंगली करते हुए उस बिल्डिंग की ओर इशारा किया।

"आवर ड्रीम हाउस" मैंने उस पर लगे हुए एक बड़े से बोर्ड को पढ़ते हुए कहा। यह एक भव्य और शानदार बिल्डिंग थी जिस पर लिखा था -

'हमारा सपना आपको अपने सपनो का घर दिलाना है"

जैसे जैसे हम उसके अंदर जाते गए वैसे वैसे कई information बोड्र्स ने हमारा ध्यान आकर्षित किया।

'क्यों बने किरायेदार, जब बन सकते है मालिक'

'यही आपका सपना है, यही हमारा सपना है, आपके पास आपके सपनो का घर हो '

'सिर्फ सोचने की देर है, आपके पास आपके सपनो का घर हो सकता है।'

ऐसे ही बहुत सारे शब्द वहां लिखे थे जो आसानी से किसी का भी ध्यान अपनी ओर खींच सकते थे। हम यह सब देख रहे थे कि एक आदमी हमारे पास आया। कट जूते, काली पेन्ट, सफ़ेद शर्ट, टाई पहने हुए।

"नमस्ते सर, मैं आपकी क्या मदद कर सकता हू?" उसने विनम्रता के साथ कहा।

"हमे बृजेश जी से मिलना है। उन्हें कहो कि दयाल साहब के यहां से दो व्यक्ति उनसे मिलने आते है।" मैंने जवाब दिया।

वह व्यक्ति बृजेश के केबिन में गया और जल्दी ही वापस लौट आया, "उन्होंने आपको अपने केबिन में बुलाया है।"

"अरे आइए। आपका स्वागत है।" बृजेश ने कहा जब हमने उसके केबिन में एंटर किया, "मुझे आपके आने की खबर पहले ही मिल चुकी थी। ये लेटर आया था दयाल साहब के यहां से।" उन्होंने एक लेटर हमे पकड़ा दिया।

मुझे वो लेटर पढ़ने में कोई दिलचस्पी नहीं थी फिर भी मैंने उसे कुछ देर उस पर अपनी नजरे गड़ाए रखी और फिर वह अरनव को पकड़ा दिया।

"तो बताइए। मैं क्या सेवा कर सकता हूं आपकी?" बृजेश ने यह कहते हुए अपने पास पड़े टेलीफोन से कुछ नंबर डायल किया और तीन चाय ऑर्डर की।

"शायद दयाल साहब से आपकी बात हुई होगी। वो एक बड़ा ऑफिस बनवाना चाहते है जिसमे ऑफिसके जरुरत की हर तरह की बनावट हो। ऑफिस की डिजाइन से लेकर उसके कंस्ट्रक्शन और पेंट का सारा काम वो आपको देना चाहते है।" अरनव ने कहा।

"मेरी उनसे बात तो नहीं हुई थी मगर मुझे खुशी है कि मैं उनके लिए काम करूंगा।" बृजेश ने कहा, "मगर मुझे एक बात समझ नहीं आई।"

"क्या?"

"मेरा कंस्ट्रक्शन का कारोबार बहुत छोटा है और मैं घर बनाने का काम करता हू। उन्होंने मुझे ऑफिस बनाने के लिए क्यों चुना?"

"इसका मतलब आप ऑफिस नहीं बना पाओगे। मैं ये अभी दयाल साहब को बता देता हू।" कहते हुए मैने जेब से अपना फोन निकल और कुछ नंबर टाइप करने लगा।

"नहीं। नहीं। मेरा कहने का वो मतलब नहीं था। मैं तो बस यूं ही पूछ रहा था।" उसने मेरा हाथ से फोन पकड़कर उसे टेबल पर रखते हुए पकड़ते हुए कहा, "वैसे, यह कॉन्ट्रैक्ट साइन करने से पहले मैं पूछना चाहता था कि -"

उसकी बात पूरी होने से अरनव बोल पड़ा, "वो यह कॉन्ट्रैक्ट आपको अस्सी करोड़ का देना चाहते है।"

"अस्सी करोड़!" बृजेश को अब तक इतना बड़ा कॉन्ट्रैक्ट कभी नही मिला था। उसे अधिकत्तम दो या तीन करोड़ का कॉन्ट्रैक्ट मिलता था। उसने कहा, "क्या आप अभी कुछ दिन यहां रुक रहें है?"

"हां, हमे यहां किसी होटल में रहना पड़ेगा," मैंने कहा।

"मेरे होते हुए आप होटल में क्यों रहेंगे! आपको होटल में रहने की कोई जरूरत नही है। मेरा घर बहुत बड़ा है और वहां गेस्ट्स के लिए अलग से कमरे है। आप चाहे तो वहां रह सकते है।" वह यह कॉन्ट्रैक्ट अपने हाथ से जाने नहीं देना चाहता था, "अभी ऑफिस की डिजाइन वगेरह तैयार की जायेगी। उन्हें सेलेक्ट करने में हमे आपकी मदद चाहिए होगी। आप हमारे बेस्ट डिजाइनर्स से डिजाइन की हुई बेस्ट डिजाइन को सलेक्ट करेंगे। अगर आप हमारे साथ रहेगा तो यह हमारे लिए आसान रहेगा।"

"मगर आपके घर में हम कैसे रुक सकते है? आपके घर वालों को कोई प्राब्लम तो नहीं होगी?" मैंने कहा हालांकि हम राजावत हाउस में रुकना चाहते थे।

"आप उसकी फिक्र मत करिए। आप बताई आपका सामान कहा है? मैं उस अपने घर भिजवा देता हू।" कहते हुए वह हमारे साथ हमारी गाड़ी के पास गया और हमारा सामान अपने ड्राइवर से अपने घर भिजवा दिया।

मेरी खुशी की कोई सीमा नहीं थी। मैं राजावत हाउस के ठीक बाहर खड़ा था और जेबा से बदला लेने के लिए उसी के घर में प्रवेश करने वाला था। दरवाजा खुलते ही जेबा मेरे सामने खड़ी थी। मुंह के ऊपर चुनी ढके हुए। वो मुझे कई देर तक देखती रही। शायद मुंह पर मूछ होने की वजह से वो मुझे नहीं पहचान पाई। अरनव के सुझाव काम कर रहे थे।

हम सोफे पर बैठे थे और एक एक कर बृजेश ने परिवार के सब सदस्यों से हमारा इंट्रोडक्शन करवाया। अपनी पत्नी सुमन, बेटा महेश और महेश की पत्नी राधा। "यह है आद्या। इस घर की बड़ी बहू।," उसने जेबा की और इशारा करते हुए कहा। "मेरी एक पोती भी है। वह अभी स्कूल गई हुई है। प्रिया नाम है उसका।"

"ओह! मैं तो आपका नाम पूछना ही भूल गया। अब अपने बारे में भी कुछ बताइए।" उसने कहा।

"मेरा नाम रघुवीर शर्मा है। प्यार से लोग मुझे रघु कहकर पुकारते है।" मैंने कहा।

अरनव बोला, "और मुझे आप प्यार या नफरत से किसी से भी पुकारो मगर पाजी कहकर पुकारिएगा।"

"क्यों? आपका कोई नाम नहीं है क्या?"

"नाम है। मगर नाम चाहे जो भी हो, मैं सरदार हू और आखिर में आपको मुझे पाजी कहकर ही पुकारना पड़ेगा। तो नाम का क्या करेंगे?"और फिर सब ठहाके लगाकर हंस पड़े। यह घर वाकई में बहुत अच्छा था और इस घर के लोग इस घर से भी अच्छे। भारतीय संस्कार इस घर में देखने की मिलते थे। इस घर में बहू अपने सर पर छूनी रखती थी और ससुर के सामने बात नही करती थी। मैं यह नहीं कहता कि लड़कियों को आज भी परदे में रहना चाहिए। मैं सिर्फ इतना कह रहा हूं कि वो पुरानी परंपरा का आज भी सम्मान करती है। यह अच्छी बात है।

मैं अपने कमरे में बेड पर पड़ा जेबा के बारे में सोच रहा था। मेरा दिमाग पता नहीं क्यों ये मानने को तैयार नहीं हो रहा था कि जेबा मेरी बहन के रेप में शामिल थी। आज उसे जब मैने देखा तो उससे बदला लेने की मेरी सारी इच्छा ने दम तोड़ दिया और उसके प्रति वही प्यार मेरे दिल में जागने लगा जो पहले कभी हुआ करता था।

मुझे लगा कि कोई मुझे देख रहा है। मैंने दरवाजे की ओर देखा तो पता चला कि वहां जेबा खड़ी थी। मैं धीरे से अपने बेड से खड़ा हुआ और बोला, "आप यहां? मेरे कमरे में?"

मैंने बस इतना कहा ही था कि वो मेरी बाहों में आकर लिपट गई। मेरे बदन में आग सी लग गई। उसके साथ बिताई हुई उस रात की वही यादें मेरे दिमाग में घूमने लगी। मेरा दिल बार बार कह रहा था कि मैं उसे कस कर पकड़ लूं और कभी न छोडूं। मेरी आंखों से आंसू बाहर निकलने की कोशिश कर रहे थे। मेरा दिल जोरों से धड़क रहा था। मैं उसे कसकर पकड़ने के लिए उसकी कमर पर हाथ रखने ही वाला था कि मेरे दिमाग में दृश्य बदला और मेरी बहन की पंखे पर लटकती लाश मुझे दिखाई दी। वो मुझे बार बार बदला लेने की याद दिला रही थी। मैं पूरा पसीने से तरबतर था और मेरा शरीर कांप रहा था।

मैंने उसे अपने से दूर किया, "ये क्या कर रही है आप? एक पराए मर्द के कमरे में घुसकर ऐसे काम करते आपको शर्म नहीं आ रही," मैंने अपनी दिल की धड़कनों कंट्रोल करते हुए कहा।

"आनंद!" वो आंखों में आंसू लिए मेरी तरफ बढ़ने लगी।

मैं पीछे हटते हुए बोला, "कौन आनंद? मेरा नाम रघु है।" मैं पीछे मुड़ गया ताकि उसे मेरी आंखों से बहते आंसू न दिखाई दे।

"मैं जानती हूं, तुम आनंद ही हो। तुम मुझसे बदला लेने आए हो। मुझे मार डालो मगर मुझसे रूठो मत। मुझे तुमसे कोई शिकायत नहीं। सारी गलती मेरी ही है। मैं तुम्हे वहां अकेले ही छोड़कर यहां भाग आई। मगर, मैं संच कह रही हूं, एक दिन भी ऐसा नहीं गया जब तुम मुझे याद न आए हो। हर रोज तुम मुझे याद आते। हर पल। हर घड़ी।"

"फिर क्यों तुम मुझे वहां अकेले छोड़कर चली गई। क्यों तुमने अपने भाई की मदद की मेरी बहन का रेप करने में। वो भी तुम्हारी तरह एक लड़की थी। क्या उसके दर्द का तुम्हे बिल्कुल अंदाजा नहीं? जब तुम्हे पता चला कि पुलिस तुम्हे पकड़ने तुम्हारे घर पहुंच रही है तो अपने प्रेमी के साथ तुम वहां से भागकर यहां आ गई और यहां अपना परिवार बसा लिया। मुझे तुम्हारे बकवास वादों की जरा भी फिक्र नहीं मगर ये तो बताओ मेरी बहन की क्या गलती थी? क्यों उसे खुदखुसी करने के लिए

मजबूर होना पड़ा? " मेरे दिल में हजारों सवाल थे और मैं चाहता था कि मैं ये सब बातें उससे कहूं। उसे अहसास दिलाऊं उन सब गलतियों का जो उसने की थी। मगर में कुछ न बोल सका। उसे एक आइने की जरूरत थी जिसमे उसे अपने चेहरे पर लगे सारे दाग नजर आए।

"तुम कुछ बोलते क्यों नही! कुछ तो बोलो।" वह लगातार मेरी पीठ थपथपा रही थी। मगर मैने उसे एक भी शब्द नहीं बोला। आखिर में वह थककर वहां से चली गई। मुझे उस पर बहुत गुस्सा आ रहा था और गुस्से में मेज पर फाइल को मैंने जमीन पर फेंक दिया। उसके पेज बाहर निकले और एक पेज के दो टुकड़े हो गए। यह कॉन्ट्रैक्ट का वह पेज था जिस पर बृजेश के sign हुए थे और इसे कल बृजेश के पास जमा कराना था।

अरनव वास्तव में एक प्रतिभावान व्यक्ति था। जब मैने उसे इसके बारे मे बताया तो उसने दूसरा कॉन्ट्रैक्ट पेपर निकाला और हुबहू बृजेश के साइन मार दिए।

अरे! मैंने आपको बताया नहीं कि आज बुधवार है और इस दिन ब्रिजेश का बेटा महेश छुटी पर रहता है। उसे गाने सुनने का बहुत शौक है और इस दिन वह कानों में एयरडोप्स डालकर गाने सुनता रहता है। गाने हमारे दिमाग को ताजा करने का एक बढ़िया साधन है।

आज मुझे कॉन्ट्रैक्ट देने ब्रिजेश के ऑफिस जाना था। ड्रीम हाउस। वहां से कुछ डिजाइन भी अप्रूव करनी थी इसलिए मैं ऑफिस चला गया। सब काम निपटाकर जब मैं ऑफिस से निकलने ही वाला था तब एक व्यक्ति एक खाने का डिब्बा मेरे पास लेकर आया।

"साहब, क्या आपका नाम रघु है?" उसने पूछा।

"हां।" मैंने गर्दन हिलाई।

"ये आपके लिए है। राजावत हाउस से आया है।" उसने कहा।

"ये शायद अंदर बैठे बृजेश सर का होगा। तुम ये उन्हें दे दो, "मैने कहा और मैं वहां से जाने लगा।

"नहीं। उनका खाना ऑलरेडी आ चुका है। यह आपके लिए ही है।" कहते हुए उसने वह खाना का डिब्बा मेरे हाथ में थमा दिया।

मैं एक कमरे में गया और वहां बैठकर उस डब्बे को देखने लगा। मुझे नहीं पता था कि यह किसने भेजा। अगर ये मेरे लिए है तो मुझे उसे

खोलना चाहिए। मैंने उसे खोला और उसकी महक लेने के लिए उसे अपने नाक के पास किया। मगर वहां सिर्फ एक रोटी थी। मैंने उस रोटी को उठाया तो उसके नीचे एक मेमोरी चिप थी। मैंने जल्दी से उस चिप को अपने फोन में डाला। मैने उस चिप की गैलरी की छानबीन की तो उसमे केवल एक वीडियो मौजूद था। मैंने उसे ओपन किया तो उसमे जेबा थी।

आनन्द, मुझे पता है कि जब मैं तुम्हारे सामने रहूंगी तो तुम कभी स्वीकार नही करोगे कि तुम ही आनंद हो। मगर मैं ये जानती हूं और मुझे ये भी पता समझ आ गया है कि तुम ही वो सफेद आंखों वाले इंसान हो जो रात को प्रिया को गायब कर देता है। तुम यह बदला लेने के लिए कर रहे हो। मुझे उस गुनाह की सजा दे रहे हो जो न तो मेरे भाई ने किया और न ही मैने। मेरा भाई अफरोज और तुम्हारी बहन एक दूसरे से बहुत प्यार करते थे और इस बारे मेंरी तुम्हारी बहन से भी मेरी बात भी हुई थी। मैं नहीं जानती कि अफरोज उस रात तुम्हारे घर कैसे पहुंचा! मैं सिर्फ इतना जानती हूं कि मेरा भाई ऐसा कभी नहीं कर सकता।

जब तुम उस सुबह मेरे घर से निकले थे उसी समय एक लड़की मेरे पास आई थी। उसने मुझे बताया कि अफरोज की मौत हो चुकी है। वह आनंद के घर में पड़ा है और मुझ पर आनंद की बहन साक्षी का रेप करने में अफरोज की सहायता करने का आरोप है। पुलिस किसी भी वक्त यहां आ रही होगी। ये कहकर वो मुझे सिलीगुड़ी ले गई और कुछ दिन अपने पास रखा। बाद में मुझे पता चला कि तुम्हारी मौत हो चुकी है। शिवम राजावत नाम के एक लड़के को मैं पसंद थी और उसने कई बार मुझे शादी के लिए प्रोपोज किया। और हर बार मैने उसे मना कर दिया। मगर कुछ दिन बाद मुझे पता चला कि मेरे पेट में तुम्हारा बच्चा है। मैंने शिवम को यह बात बताई। वह फिर भी मुझसे शादी करने के लिए तैयार था। मुझे मजबूरी में शिवम से शादी करनी पड़ी, अपनी बेटी को पिता का नाम देने के लिए। प्रिया तुम्हारी बेटी है आनंद।'

कहानी पूरी बदल चुकी थी। प्रिया मेरी बेटी थी जिसे मैं अब तक पहचान भी नहीं पाया था। मुझमें प्रिया से मिलने की चाह थी और मैं जल्दी गाड़ी लेकर राजावत हाउस रवाना हो गया।

मगर मेरी जिंदगी में खुशी ज्यादा समय तक टिकती नही थी। वह कुछ समय की मेहमान रहती और पीछे छोड़ जाती, एक बड़ा गम। एक असहनीय गम।

जब मैं राजावत हाउस पहुंचा तो इतिहास ने फिर एक बार अपनी छवि दिखाई।

घर के ठीक बीच में लगे झूमर पर जेबा की लाश लटकी हुई थी और पास में पड़ी थी दो और लाशे। एक जेबा की सास सुमन और दूसरी उसकी बहू राधा की लास। मेरे आंखों के सामने फिर एक बार कुछ समय के लिए मेरी बहन और पापा की लाश नजर आने लग गई। पास ही में एक रिवॉल्वर पड़ी थी। मैंने उसे उठाया और और प्रिया को इधर उधर ढूंढने लगा।

मैंने पीछे मुड़कर देखा तो वहां पुलिस खड़ी थी। मेरे ऊपर बंदूक ताने हुए। उन्हें लगा कि जेबा का कत्ल मेने किया है। क्योंकि उस समय रिवॉल्वर मेरे हाथ में थी और में तीन लाशें के बीच अकेला खड़ा था।

मैंने मेरे साथ हुईं अब तक की सारी घटनाओं से एक बात सिख ली। जिंदगी का एक उसूल है, इसमें मनचाहा किरदार नहीं मिलता। जिनको मिलता है वो बहुत भाग्यशाली होते है।

9

क्या महेश ने जेबा को मारा?

"बढ़िया कहानी है। कितना समय लगा बनाने में ये काल्पनिक कहानी?" मैंने अपनी ठोडी पर हाथ रखते हुए कहा, हालांकि उसकी कहानी मुझे संच प्रतीत हो रही थी।

आनंद के चहरे पर फिर एक मुस्कुराहट दिखाई दी। उसने कहा, "समय कहानी बनाने में नहीं लगा, समय लगा बीतने में; सात हजार तीन सौ बीस दिन। सात हजार उन्नीस रातें। जवानी का एक महत्वपूर्ण हिस्सा। चेहरे की हंसी। सुख और चैन। पिता का शाया और बहन की शरारतें। ये सब दाव पर लग गए इन दो सौ चालीस महीने और उन्नीस रातें में।"

आनंद से ज्यादा पाठक के चहरे पर दुख के भाव नजर आ रहे थे। उसकी आंखों से आंसू बहने लगे। पता नही उसे क्या हो गया था, शायद वो आनंद की बातों से कुछ ज्यादा ही प्रभावित हो गया था।

मैंने उसकी और देखा और, "अब तुम्हे क्या हो गया? वह तुम्हारी कहानी नहीं सुना रहा और मेरे हिसाब से तुम्हारे साथ ये सब नहीं हुआ।" कहते हुए पॉकेट से मैने एक सिगरेट निकाली। "अगर तुम्हारी कहानी असल मे संचाई हैं तो मैं तुम्हे विश्वाश दिलाता हूं, मैं तुम्हारी बहन के कातिल को ढूंढ निकालूंगा। तुम बस इतना बताओ कि प्रिया कहां है?

जेबा ने बताया था कि प्रिया तुम्हारी बेटी है।"

"मैं आपको पहले ही बता चुका हूं कि मुझे प्रिया के बारे में नहीं पता। मैं जब राजावत घर पहुंचा तो वो वहां पर नहीं थी। मैं अपनी बेटी से मिलने वाला था मगर वो भी मुझे वहां नहीं मिली। मुझे यकीन है कि मेरी बेटी को वो ही ले गया है।"

प्रिया के अगवाह होने से एक बात तो तय हो गई थी कि जेबा का कत्ल उसी ने किया था जिसने आनंद के पिता की हत्या और उसकी बहन का बलात्कार किया था। वह उस हर एक व्यक्ति को टारगेट कर रहा था और उसे खत्म कर दे रहा था जो आनंद से रिलेटेड था। शायद उसे पता चला कि आद्या उसकी पुरानी गर्लफ्रेंड है जिसका नाम जेबा है और प्रिया ही आनंद की बेटी है।

"वो मुझसे क्या चाहता है मुझे नहीं बता। वो कौन है, कहां से आया है और मैंने उसका क्या बिगाड़ा है मुझे कुछ नहीं पता। मैं सिर्फ ये जानता हूं कि उसने मुझे मेरे हर उस अपने से दूर किया जो मेरे दिल के करीब था।" आनंद कुर्सी पर मायूस बैठा अपने दुखड़े गा रहा था।

असल में ये केस पेचीदा था भी। जिस व्यक्ति को हम अपराधी समझ रहे थे वह तो असल में विक्टिम था। एक बदकिशमत विक्टिम। जिसे यह भी नहीं पता था कि उसके साथ यह सब क्यों ही रहा है। जेबा की बॉडी भी अभी वहीं राजावत हाउस में पड़ी थी।

अचानक मेरे ध्यान में फॉरेंसिक ऑफिसर आरव शर्मा आया और मैंने उसे फोन लगाया, "और आरव साहब? क्या चल रहा है? क्या कुछ पता चला उस लड़की की डेड बॉडी को देखकर?"

"डेड बॉडी को मैने जब पोस्टमार्टम के लिए भेजा तो जांच में यह पता चला कि उसका कोई रेप नहीं हुआ है।" आरव ने कहा, "उसके गले के अलावा चोट के निशान पूरे शरीर पर और कहीं नहीं है। गले पर निशान भी सिर्फ इसलिए है कि बॉडी काफी देर तक रस्सी से लटकी रही।"

"मतलब यह कि यह एक सुसाइड केस है?" मैंने पूछा।

"जांच तो अब तक यही कह रही है। मगर ये आधी अधूरी जांच है और अभी मैं कई और चेक्स कर रहा हूं। जेबा की बॉडी पर तो कुछ नहीं मिला मगर उन दो औरतों के शरीर पर दो बाल और नाखूनों के निशान मिलें है

जो वहीं फर्श पर पड़ी थी। अगर हमे कोई सस्पेक्ट मिला तो यह डीएनए कातिल का पता करने में एक महत्वपूर्ण जरिया होगा और हमें कातिल का आसानी से पता चल जायेगा।"

"जेबा की बॉडी पर कोई निशान या सबूत नहीं है। इसका मतलब यह हुआ कि कातिल बहुत शातिर है और उसने जेबा को मारने का एक पूरा प्लान तैयार कर रखा था। इसलिए उसने उसकी बॉडी पर कोई सबूत नहीं छोड़ा। मगर हो सकता है तब वहां वो दो औरतें आ गई और उसने उन्हें मारने के चक्कर में कुछ सबूत छोड़ दिए। जैसे की बाल, और नाखून के निशान।" मैंने अपने तर्क लगाते हुए कहा।

"तुम सही हो। जब मैने तीनों बॉडीज और उन बाल और नाखून के निशान को लैब चेक के लिए भेजा तो पता चला कि बाल और नाखून का डीएनए उन तीनो महिलाओं के डीएनए से अलग है।"

"तो क्या तुम कुछ बता सकते हो जिससे हम कातिल को आसानी से ढूंढ सकते है?"

"नहीं। मैं यहां इसलिए हूं कि कातिल को पहचानने में मदद कर सकूं, ना की उसे ढूंढने में। अगर कोई सस्पेक्ट मिलता है केवल तभी हम यह जान सकते है कि वह असल कातिल है या नहीं।"

किसी पर इल्जाम लगाना बहुत आसान होता है, मगर उसे साबित करना उतना ही मुश्किल। इस केस में सब कुछ उल्टा था। साबित करने के लिए हमारे पास कातिल का डीएनए था मगर इल्जाम किस पर लगाना चाहिए यह नही पता था।

"मुझे तुम्हारी मदद की जरूरत है। और एक तुम हो जो कातिल को पकड़ने में मेरी मदद कर सकते हो क्योंकि ये सब घटनाएं तुमसे जुड़ी हुई है। क्या तुम इस केस को सॉल्व करने में मेरी मदद करोगे?" मैंने आनंद से कहा।

"मेरी मदद? ऑफकोर्स। अगर मैं आपकी मदद करके कातिल को ढूंढ पाया तो मुझे बहुत खुशी होगी। बताइए। मैं क्या कर सकता हू?" आनंद ने कहा।

"क्या तुम्हारी नजर में कोई ऐसा व्यक्ति है जिस पर तुम्हे थोड़ा सा भी शक है? कोई ऐसा व्यक्ति जिसकी कोई एक्टिविटी तुम्हे अजीब लगी

हो या कुछ और?"

आनंद ने कुछ समय सोचने में सोचने में लिया, मगर फिर भी उसे किसी पर शक नहीं था या फिर शायद जेबा पर शक करने के बाद उसका अपने ऊपर से विश्वाश उठ गया था। उसने कहा, "नहीं। मुझे किसी पर शक नहीं है। इन फैक्ट मैं किसी पर शक कर भी नहीं सकता।"

"ठीक से सोचने की कोशिश करो, आनंद। कोई तो होगा, जिस पर तुम्हे थोड़ा सा भी शक हो।"

वह काफी देर तक सोचता रहा और वह अपनी गार्डन ना में हिलाने वाला ही था कि उसे अचानक कुछ याद आया और उसने कहा," महेश! बृजेश का बेटा महेश।"

"महेश? तुम्हे उसके बारे क्या अजीब लगा?"

"मुझे नही पता मैं सही हूं या गलत। मगर मैंने महेश को जेबा के कमरे के आस पास भटकते कई बार देखा है। मैं जानता हूं वह उसका देवर था मगर उसका जेबा से मिलना कई बार होता था।" कहते हुए उसने अपना हाथ माथे पर मारा और बोला, "ओह, ये मैं क्या कर रहा हूं! मैं फिर से जेबा पर शक कर रहा हूं।"

"नहीं। तुम सिर्फ मेरी मदद कर रहे हो।" मैंने कहा। मैंने महेश के बारे में सोचा और अचानक मुझे याद आया उन लेटर्स के बारे में जो छानबीन के दौरान राजावत हाउस में मिले थे। ये मैने पाठक को संभालकर रखने के लिए दिए थे।

मैंने पाठक को कहा, "वो जो लेटर्स राजावत हाउस में मिले थे और मैंने तुम्हे संभालने को दिए थे, उन्हें लेकर आओ। क्या वो तुम्हारे पास है या तुमने उन्हें भी को दिया?"

"वो मेरे पास ही है साहब। मैं अभी लेकर आया।" कहते हुए पाठक ने एक आलमारी खोली जिसके अंदर बहुत सारी फाइल्स रखी हुए थी और उन पर धूल जमी थी। उसने उनमें से एक फाइल निकाली और उसको झाड़ते हुए ओपन किया और कुछ लेटर्स निकाले।

"लीजिए साहब। यही है वो लेटर्स।" उसने पत्र पकड़ाते हुए कहा।

"गुड," कहते हुए मैने पत्र खोले। उन्हें पढ़कर मैं शॉक्ड था। यह लव लेटर्स थे जो महेश ने लिखे थे।

मेरी प्रिय। मैं आज अपने दिल की वो बात तुम्हे बताने जा रहा हूं जो एक लड़का केवल उसी लड़की को बोल सकता जिससे वो शादी करने के सपने देख रहा हो। तुम मुझे बहुत अच्छी लगती हो और—

मैं ये खत पढ़ रहा था कि आनंद बीच में बोल उठा, "कोई इतना कमिना कैसे हो सकता है! उसको पता था जेबा शादीशुदा है फिर भी उसको पाने की चाह रख रहा था। वह अपने स्वर्गवासी भाई को ही धोखा दे रहा था। दुनिया कितनी बदल चुकी है।"

"जिस दिन जेबा का कत्ल हुआ था तब महेश ऑफिस में था। क्या मैं सही हूं?" मैंने कहा।

"नहीं। वह बुधवार का दिन था और महेश बुधवार कें दिन छुटी पर रहता था। उस दिन वो घर पर ही रुका था।" उसने याद करते हुए कहा।

"और ये खत हमे जेबा के कमरे में मिले थे।" मैंने कहा।

"जेबा का कमरे में महेश का लव लेटर मिलना, कत्ल के दिन उसका घर पर मौजूद रहना, ये सारी बातें इसी ओर इशारा करती है कि ये कत्ल महेश ने किया है। हो सकता है कि जेबा ने उसे धमकी दी हो घर के बाकी लोगों को उसके उन letters के बारे में बताने की और उसने मौका देखकर उसको मार दिया। एज़ सिंपल एज़ इट इज।"

"मगर कोई व्यक्ति अपनी ही मां और बहन की मौत कैसे कर सकता है?" आनंद ने कहा।

"पता नहीं। मगर ऐसे कई केस मैंने अपनी सर्विस के दौरान पहले भी बहुत देखें है जिनमे कातिल अपने घरवालों तक को जिंदा नहीं छोड़ता। इनफैक्ट, वह अपने फायदे के लिए अपने भाई बहन को भी जिंदा नहीं छोड़ते जिनके साथ उन्होंने अपना सारा बचपन बिताया है।"

"कोई ऐसा कैसे कर पता है!" आनंद ने चिड़चिड़े स्वर में कहा।

"पता नहीं। और हमे इस बारे में अभी बात करने की जरूरत भी नहीं है। महेश से मिलने के बाद तो यह पता चल ही जाएगा कि उसने अपनी मां और बहन को क्यों मारा।" मैंने कहा। और मैं और पाठक जेल से बाहर निकले।

"क्या मैं भी आपके साथ चल सकता हूं?" आनंद ने पीछे से कहा जब मैं अपनी जीभ की और जा रहा था।

"नहीं। मुझे सरदर्द पसंद नहीं। अगर तुम पहले की तरह भाग गए तो फिर तुम्हे फिर से ढूंढना पड़ेगा। और वैसे भी तुम भी अभी हमारी शक की नजरों में हो जब तक की तुम्हारा डीएनए रिर्पोट हम आरव को न भेज दे और जब तब तुम्हारा डीएनए कातिल से अलग न पाया जाए।"

"भागकर कहां जाऊंगा साहब अब। मेरी बेटी भी तो उस कातिल के पास ही है अभी।" आनंद ने दुखी मन से कहा।

"मगर— "

"प्लीज सर।"

"ठीक है। गाड़ी में बैठो।" कहते हुए हम तीनों राजावत हाउस चल दिए।

राजावत हाउस को पूरी तरह से जांच पड़ताल के लिए बंद कर दिया गया था और किसी को उस घर में एंटर करने की अनुमति नहीं थी, यहां तक की खुद उस घर के मालिक बृजेश राजावत को भी नहीं। उसके पास ही बने पुराने घर में बृजेश रह रहा था।

"तुम्हे अब भी चैन नहीं आया जो यहां चले आए। तुमने मेरे पूरे घर को बर्बाद कर दिया और अब क्या लेने आए हो यहां!" बृजेश ने हमारे पास आते हुए आनंद को कहा जब उसने हमे राजावत हाउस के पास देखा।

"मैं कुछ छीनने नहीं आया हूं। मैं सिर्फ अपनी गर्लफ्रेंड जेबा के कातिल को उसके किए की सजा दिलाने आया हूं।" आनंद ने शांत स्वर में कहा।

"जेबा? ये कौन है?" बृजेश ने पूछा।

"यह कहानी बहुत लंबी है और मेरे पास अभी इतना समय नहीं है कि मैं बैठकर आपकी ये सारी कहानी सुनाऊं," आनंद ने विनम्र शब्दों में कहा।

"तो क्यों आए हो फिर यहां?" उसने दांत पीसते हुए कहा। वह मेरी तरफ मुड़ा और बोला, "साहब। आपने इसे छोड़ कैसे दिया? मेरे परिवार का कातिल यूं खुलेआम बाहर घूम रहा है जिसे जेल की सलाखों के पीछे होना चाहिए था। जिसके लिए अभी तक न्याय रूपी कानून को फांसी का फंदा तैयार कर लेना चाहिए था, वो क्यों हमारे सामने खड़ा है?"

मुझे उनकी बातें बहुत बोरिंग लग रही थी और मेरी आंखे इधर उधर महेश को ढूंढ रही थी। मैंने पॉकेट से सिगरेट का डिब्बा निकाला और उसमे से एक सिगरेट जलाकर बृजेश से कहा, "क्या आप सिगरेट पिएंगे?"

"आप ये किस तरह की बात कर रहें है? मैं आपको इस कातिल को अंदर करने की बात कर रहा हूं और आप— "

"पी लीजिए सिगरेट। ये बहुत रिलैक्स फील कराती है। खासकर तब जब आपको कोई बड़ा सरप्राइजी मिलने वाला हो।" मैंने अपने स्वर को थोड़ा धीमे करते हुए कहा।

"सरप्राइज?" उसने चौंकते हुए कहा।

"ये सब खेल आपके बेटे का ही रचा रचाया हुआ है। उसने ही ये सब मर्डर किए है।" मैंने उन्हें महेश के लिखे वो लव लेटर्स देते हुए कहा, "ये देखिए। आपका बेटा आपकी बहू आद्या को लव लेटर्स लिखा करता था। उसने इनमें कई बार अपने प्यार का इजहार भी किया है। कितनी सुंदर शायरीयां और पंक्तियां लिखी है। देखिए, देखिए।"

बृजेश के पांव तले जमीन खिसक गई। उसे अपनी आंखो पर विश्वाश नही हो रहा था। बात अब सिर्फ उसके घर के सदस्यों के मौत की नहीं रही थी, बल्कि उसके दिए हुए संस्कारों पर सवाल खड़ा हो गया था।

"अगर यह बात है तो अपराधी को सजा जरूर मिलनी चाहिए, फिर चाहे अपराधी मेरा बेटा ही क्यों न हो।" कहते हुए बृजेश पुराने घर के अंदर गया और उसका कान पकड़कर उसे बाहर लेकर आया। उसने वो सारे खत महेश के सामने फेंकते हुए कहा, "मैने तुझे ऐसे संस्कार तो नहीं दिए थे। बता, क्या ये सब तुमने खत लिखे थे?"

"पापा— " कहते हुए महेश ने गर्दन झुका ली।

"बस यही देखना बाकी रह गया था इस उम्र में। तुमने अपनी भाभी को यह लव लेटर्स लिखे! अपने ही मां और बहन की मारा डाला! शर्म आनी चाहिए तुम्हे।"

बृजेश की बात सुनकर जल्दी जल्दी में एक ही सांस में वह सब कुछ बता दिया जो अब तक वह अपने पिता से छिपा रहा था। "यह झूठ है। मैं अपनी मां और बहन की हत्या करने के बारे में सोच भी नहीं सकता और

आपको किसने कह दिया कि ये खत मैने भाभी के लिए लिखे। मैं अपनी भाभी को मां का दरजा देता हूं।"

"ऐ मिस्टर! ज्यादा चालक बनने की कोशिश मत करो।" मैंने महेश की ओर देखते हुए कहा, "अगर तुमने आद्या को खत नहीं लिखे तो यह उसके बैडरूम मे क्यों पड़े मिले थे? तुम उसके बेडरूम में क्यों जाते रहते थे?"

"शर्म आपको आपको आनी चाहिए इंस्पेक्टर साहब जो आप ऐसा घिनौना आरोप मुझ पर लगा रहे है।" एक पल के लिए महेश का गुस्सा चरम सीमा पर पहुंच गया मगर थोड़ी देर बाद उसकी आवाज धीमे हुई और उसने कहा, "भाभी की एक दोस्त है; नेहा। मैं नेहा से बहुत प्यार करता हूं और ये बात मैने अपनी भाभी को बताई। उन्होंने मुझे कई बार नेहा से मिलवाया था और हमारी बातें भी हुई थी मगर मैं उससे अपने प्यार का इजहार करने से डरता था और इसलिए मैने कुछ लव लेटर्स लिखकर भाभी को दे दिए ताकि वो ये खत नेहा को दे।

"मुझमें अपने प्यार के बारे में न तो अपने पापा को और न ही नेहा को बताने की हिम्मत थी। और इसलिए मैने भाभी की मदद ली और कुछ ही दिनों में मैं आपको भी बताने वाला था, पापा। मगर फिर वह हादसा हो गया।"

"तुम इस तरह की झूठी कहानी बनाकर मुझे बेवकूफ नहीं बना सकते। मुझे पता है कि तुम उस दिन घर पर ही थे जिस दिन ये कत्ल हुए थे। अगर तुमने उनका कत्ल नही किया तो उन्हें बचाने की कोशिश तो कर सकते थे। तुमने वह भी नहीं किया। तुम वहां उपस्थित थे। क्या मैं सहीं नहीं हूं?"

"मगर आपको यह नहीं पता कि मैं उस दिन क्यों छूटी पर था। उस दिन बुधवार था और हर बुधवार में छुटी पर रहता हूं। मुझे गाने सुनना बहोत पसंद है और मैं उस दिन भी यही कर रहा था। कानों में एयरडोपस डाले हुए और गाने की फुल वॉल्यूम किए हुए। मुझे पता ही नहीं चला कब ये सब हुआ। मुझे प्यास लगी और मैं पानी पीने के लिए कमरे से बाहर निकला और मैने अपनी मां, बहन और भाभी को मरा पाया।"

"तुमने ये पुलिस को इन्फॉर्म भी नहीं किया था।" मैंने कहा।

"मैं डर गया था। मुझे लगा कि घर में मेरे अकेले मौजूद होने से सारा इल्जाम मुझ पर आ जाएगा। मैं यह सब बताने के लिए पापा के ऑफिस पहुंचा मगर तभी मुझे पता चला कि रघु वहां राजावत हाउस में रंगे हाथ खून करते हुए पकड़ा गया। फिर मैने भी पापा को कुछ नहीं बताया।" महेश ने रघु की और देखते हुए कहा, "मैं जानता हूं रघु बेकसूर है और यह वह कातिल नहीं है जिसे आप ढूंढ रहे है। यह कत्ल के बहुत देर बाद पहुंचा था।"

बृजेश शायद खुश न हुआ होता अगर उसे महेश की इस लव स्टोरी के बारें में मर्डर से पहले पता चलता। वह इस बात को लेकर खुश था कि उसके बेटे ने कोई गलत काम नहीं किया है। आनंद को इस बात की खुशी थी कि जेबा ने उसे धोखा नहीं दिया। उसने सिर्फ उसी से प्यार किया मरते दम तक। मुझे इस बात का दुख था कि महेश कातिल नहीं है। मेरी इतनी मेहनत बेकार चली गई और हम उसी बिंदु पर पहुंच गए जहां से हमने शुरुआत की थी।

"मुझे खुशी होगी अगर तुम वह व्यक्ति नहीं हो जिसे मैं ढूंढ रहा हूं। मुझे यकीन है तुम वो नहीं हो। मगर फिर भी यह कन्फर्म करनें के लिए हमे तुम्हारा डीएनए टेस्ट करना पड़ेगा। तुम्हें अभी हमारे साथ चलना होगा ताकि आरव तुम्हारी उंगलियों के निशान ले सके और कातिल के डीएनए से मैच कर सके," मैंने कहा। किसी की बातों पर बिना किसी सबूत के विश्वाश कर लेना सरासर बेवकूफी होती है।

"मैं तैयार हूं अपना डीएनए टेस्ट करवाने के लिए। चलिए, जहां हमे जाना है," कहते हुए बिना किसी हिचकिचाहट के वह हमारी गाड़ी में बैठ गया। मैं अभी भी परेशान था कि महेश वह कातिल नहीं है जिसे हम ढूंढ रहे थे।

मेरे माथे पर परेशानी देखकर बृजेश ने कहा, "सिगरेट जला लीजिए साहब। ये बहोत रिलैक्स फील कराती है। आपको इसकी जरूरत है।"

मुझे उसकी बात बहुत चुभी मगर मेरे पास उसकी बात का अभी कोई जवाब नहीं था। मैंने आनंद की ओर देखकर धीमी आवाज में कहा, "चलो अब। तुम्हारा शक बकवास निकला।"

"वो एक शक था। मैंने ये तो नहीं कहा था कि पक्का महेश ने ही वह कत्ल किए हैं।" आनंद ने जवाब दिया, "और वैसे भी, यह एक अच्छी बात है कि महेश बेगुनाह है।"

मैंने गुस्से में गाड़ी स्टार्ट की और चल दिए गाड़ी के एक जोर के झटके के साथ।

10

दी हैंगिंग डॉल

बीवी को खुश करने का तरीका है कि उसके पहनावे और चेहरे की सुंदरता की तारीफ करो। और बीवी को खुश करने का सबसे अच्छा तरीका है कि उसके हाथ से बनाए खाने की तारीफ करो। खाना चाहे कैसा भी हो, एक बार आपने अपने मुंह से उसे "शानदार" बता दिया तो आप अगले कुछ दिन खुशमिजाज जिंदगी के हकदार बनने वाले है।

मेरी बीवी अभी अपने हाथ का गरमा गरम खाना बनाकर लाई है और उसकी खुशबू मेरी भूख को और भी तेज कर रही है। वैसे मैंने शायद आपको बताया नहीं कि शालिनी को खाना बनाने में महारत हासिल है और कुकिंग के क्षेत्र में एक बार पार्टिसिपेट करने पर दूसरे स्थान पर आई थी।

"आह..." मैंने शब्द को लंबा खींचते हुए कहा जब मैने उसकी बनाई हुई मटर पनीर की सब्जी पर से ढक्कन हटाया "खाने की सुगंध मेरी भूख को बढ़ाए जा रही है। आप जल्दी खाना परोसिए वरना भूख से मेरी जान निकल जायेगी।"

उसने मेरे लिए थाली लगाई जिसने तीन तरह की सब्जी, पराठे, हलवा और पुडिंग बनी थी। मैंने जल्दी से खाने को चखा और तारीफ करते हुआ बोला, "आपके बनाए खाने का कोई जवाब नही। आज कोई स्पेशल दिन है क्या?"

"आपका प्रमोशन हो गया है। इसी खुशी में मैंने सोचा कि आज आपके लिए कुछ स्पेशल बनाया जाए।" वह खाने की प्लेट्स जचा रही थी और पानी का ग्लास भरकर मेरी प्लेट के पास रख दिया।

"आप भी बैठिए।" मैंने उंगलियां चाटते हुए कहा।

"नहीं। आप खाइए। मैं बाद मैं खा लूंगी।"

"शालू। तुम नाराज तो नहीं हो ना।" मैंने उसकी और देखते हुए कहा, " मुझे पता है इस बार तुम्हारा मन बहुत था ट्रिप पर जाने का और हर बार की तरह इस बार भी मैने ट्रिप कैंसिल कर दी। लेकिन मैं क्या कर सकता था— "

" नाराज तो थी मगर आपके खाने की तारीफ ने मेरी सारी नाराजगी को चुमंतर कर दिया। मुझसे ज्यादा तो ट्रिप पर जाने का मन निशा का था। उसके सारे दोस्त दो तीन बार अपने पैरेंट्स के साथ घूमने जा चुके है। ये अच्छी बात है कि आप अपने काम प्रति ईमानदार है मगर आपको कुछ समय अपनी बेटी को भी देना चाहिए।"

"पापा..." दौड़ती हुई निशा मेरे पास आई "यह पेंटिंग का ब्रश मुझे नहीं मिल रहा। क्या आपने कहीं देखा है?"

"ऊपर कमरे में है। मैंने आपके लिए एक बड़ी गुड़िया भी खरीदी है। ऊपर कमरे में रखी है।" मेरे ये कहते ही वो ऊपर कमरे में चली गई।

"आपके उस केस का क्या हुआ? हुआ सॉल्व?" शालिनी ने मेरे पास चेयर पर बैठते हुए कहा।

"अभी नही। कातिल बहोत शातिर है और वो कोई सबूत नहीं छोड़ रहा जिससे हम उस तक पहुंच सके। कुछ समझ नही आ रहा, कौन विक्टिम है और कौन अपराधी।" मैंने पास ही में किचन में लगे नल में हाथ धोते हुए कहा।

मैं टॉवल से अपने हाथ पौंछ रहा था कि तभी ऊपर कमरे से निशा के चिलाने की आवाज आई। मेरे हाथ से टॉवल गिरा और मैं दौड़कर कमरे में पहुंचा। कमरे में ठीक बीच में लगे पंखे पर एक रस्सी पर वह गुड़िया लटक रही थी जो मैं निशा के लिए लेकर आया था। निशा डर के मारे मुझसे आकर चिपक गई। यह कातिल का मेरे लिए एक संदेश था।

"डरो नहीं। शायद गलती से वो वहां टंग गई। तुम नीचे जाओ।"

मैंने उस गुड़िया के चारों ओर घूमकर देखा और मुझे एक कागज वह दिखाई दिया। शायद कातिल मुझसे कुछ कहना चाहता था। मैंने अपनी पहनी हुई यूनिफॉर्म में से ग्लोव्स निकाले और उन्हें पहनकर उस कागज को वहां से निकाला।

इंस्पेक्टर विवेक उपाध्याय। या तो परिवार को तुम्हारी फिक्र नहीं या तुम्हे अपने परिवार की फिक्र नहीं। तुम्हे अपने बीवी बच्चों के बारे में भी सोचना चाहिए। तुम्हारा भी एक परिवार है। उसके साथ समय बिताओ, क्यों इस केस के पीछे पड़े हो।

इस गुड़िया का पंखे पर लटका हुआ पाना एक ट्रेलर है। तुम्हारे लिए। तुम इस केस को बंद कर दो और आनंद मिश्रा को रिहा कर दो। वह बेकसूर है। अगर तुमने यह केस क्लोज नहीं किया तो अगली बार इस गुड़िया की जगह तुम्हारी बेटी पंखे पर लटक रही होगी। मैंने तुम्हे अगहबकर दिया है, बाकी, फैसला तुम्हे लेना है।

"इस केस को क्लोज कर दो। मुझे तुम्हारी ओर निशा की चिंता है।" यह मेरी बीवी के अंदर छुपा डर बोल रहा था। उसने हमेशा मेरे काम को समझा था और कहीं न कहीं चाहा था कि उसका पति एक दिलेर इंसान होना चाहिए।

" क्या अगर तुम आनंद की जगह होती, फिर भी यही कहती?" मैं उसके दोनों गालों पर अपने हाथ रखकर और आंखों में आंखे डालकर कहा, "क्या तुम्हे मुझ पर भरोसा नहीं है? मैं तुम्हे और निशा को कुछ नहीं होने दूंगा।

और हमेशा की तरह उसने वही जवाब दिया जो मेरे कान उससे सुनना चाहते थे "मुझ खुद से भी ज्यादा तुम पर भरोसा है।"

"कितना?" मैंने कहा।

"इतना।" उसने अपने दोनों हाथ बाहर की ओर फैलाकर कहा।

"बस इतना ही?"

उसने अपने दोनों हाथ पूरे फैलाकर कहा, "इतना सारा..." और फिर वह मेरे बाहों में आ गई। मैंने उसके डर को तो दूर कर दिया था मगर दुश्मन से भी बचाव जरुरी था, और इसलिए मैने अपनी फोर्स में से कुछ कॉन्स्टेबल अपने घर के बाहर तैनात कर दिए।

पत्र में लिखी एक बात अजीब थी। कातिल यह चाहता था कि इस केस को बंद करने के साथ-साथ मैं आनंद को भी रिहा कर दूं। इसका मतलब हो सकता है आनंद हिब्वाह कातिल है या फिर उसका कोई चाहने वाला।

आनंद पुलिस स्टेशन में सलाखों के पीछे बंद था और मैं अपनी गाड़ी लेकर पुलिस स्टेशन पहुंचा। मैंने उसकी कॉलर पकड़ते हुए कहा, "तुमने छुपाने की बहोत कोशिश की मगर मुझे पता चल गया है कि तुम ही असल अपराधी हो। तुम्हीं ने आज मेरे घर पर उस गुड़िया को पंखे पर लटकाकर वहां एक पत्र छोड़ा था ना?"

"कैसा पत्र? तुम क्या बोल रहे हो। मैं कल से कल शाम से यही जेल के अंदर था जब से तुम मुझे यह छोड़कर गए थे। मैं अपराधी नहीं हूं।"

"तुम्हारी डीएनए रिपोर्ट अभी आई भी नहीं है।" मैंने ये कहा कि तभी मेरे फोन की notification बजी। यह आरव का मैसेज था जिसमे उसने लिखा था कि आनंद और महेश दोनो का ही डीएनए कातिल के डीएनए से मैच नहीं हुआ है। वो निर्दोष है।

"तो ये कौन है जो चाहता है कि तुम यहां से रिहा हो जाओ और ये केस भी बंद कर दिया जाए?" कहते हुए मैंने वो लेटर उसके हाथ में दे दिया। पत्र बढ़कर आनंद भी आश्चर्यचकित था।

"ऐसा कौन हो सकता है जो मुझे जेल से बाहर देखना चाहता है। उसका उसने क्या फायदा!"

"क्या तुम्हारा कोई जिगरी दोस्त है जिसके साथ तुम्हारी सबसे ज्यादा बनती थी? जिसे तुम खुश और वो तुम्हे खुश देखना चाहता था।"

"अब तक इस मेरे सिर्फ दो ही दोस्त रहें है। एक राजीव, मगर उससे मिले मुझे सात साल हो गए और मुझे ये भी नहीं पता वो अभी कहां और किस हाल में है।"

"और दूसरा?"

आनंद सोच रहा था कि उसे उसका नाम लेना चाहिए या नहीं। कुछ दोस्त होते है जिन्हे हम जान से भी ज्यादा प्यार करते है और हम उन

पर शक करने से पहले खुद की सौ बार सोचने पर मजबूर कर देते है।

"बताओ, आनंद। अगर तुम उसका नाम नही बताओगे तो शायद कभी भी कातिल तक पहुंच ही न पाए।"

"अरनव सिन्हा।" उसने कहा।

"ये वही अरनव हैं ना जिसके बारे में तुमने अपनी डायरी में मेंशन किया था? वह तुम्हे तब मिला था जब तुम दयाल के यहां काम कर रहे थे। मैं इसे कैसे भुल गया!"

"मगर वो ऐसा नहीं कर सकता। वो अच्छा इंसान है।"

"कई बार जो दिखता है वही होता नहीं और जो होता है वो दिखता नहीं। कातिल के चेहरे कर कभी नही लिखा होता कि वो कातिल है। उसकी सोच दर्शाती है कि वो कितना बड़ा कातिल हो सकता है।".

"हां, मगर— "

"साला, मुझे धमकी भरे खत भेजता है। एक बार उसको पकड़लू फिर समझ आएगा उसे कि एक पुलिस इंस्पेक्टर को धमकी देने का क्या अंजाम होता है।"

"मगर अभी यह अभी साबित नहीं हुआ है कि वही असल कातिल है।"

"हो जायेगा। कातिल की आंखे तेज होती है और वह बहुत आगे तक सोच पाता है मगर कानून के हाथ लंबे होते है। कानून किसी को भी ढूंढ निकालता है।"

आनंद बहुत देर से कुछ सोच रहा था। शायद वह यह सोच रहा था कि अरनव उससे मिलने एक बार भी पुलिस स्टेशन नहीं आया। वह अभी कहां होगा?

"मुझे पता नहीं कि अभी वो कहां है। जब से जेबा की मौत हुई है उस दिन के बाद वो न तो मुझसे मिला और न ही उसने मुझे कॉल किया। उसका फोन भी स्विच ऑफ आ रहा है।" आनंद ने कहा।

"क्या तुम ये बता सकते हो कि वो हमे कहां मिल सकता है? कोई ऐसी जगह जहां वो अकसर जाया करता था या उसकी कोई आदत? कुछ भी जो तुम मुझे बता सको उसके बारे में।"

"मैंने कई बार उसे शराब घर में जाते हुए देखा है। हालांकि वह शराब की लत उसे उतनी ज्यादा नहीं थी मगर वो पब में जाकर शराब पीना

पसंद करता था। वो कहा करता था कि शराब मेरे बाद उसकी दूसरी सबसे अच्छी दोस्त है।"

"अगर तुम उसके इतने ही अजीज दोस्त थे तो इस मुश्किल घड़ी में तुमसे मिलने क्यों नहीं आया। मुझे यकीन है कि उसे यह तो पता है कि जेबा का कत्ल करने के जुर्म में तुम इस वक्त जेल में हो।"

आनंद के पास इस बात का कोई जवाब नहीं था। वह खुद यह सोचने पर मजबूर हो गया था कि जिस व्यक्ति ने उसकी जान बचाई थी, आज वो उससे पुलिस स्टेशन मिलने तक नहीं आया। अकसर प्यार से बड़ा दोस्त माना जाता है मगर जब दोस्त हमारे प्यार की कद्र न करे तो उसे दोस्त कहना गलत होगा।

हम अभी चार्ली बड्र्स पब में बैठे थे और अंदर धमाकेदार म्यूजिक चल रहा था। हम इधर उधर नजर घुमाकर अरनव को ढूंढ रहे थे। वो एक कांच के गिलास में फ्राटेल्लि ग्रान पी रहा था। आप यह जानते होगे कि यह इंडिया की सबसे बेहतरीन और महंगी शराब में से एक और अमीर लोग इसे पीना पसंद करते है। मैं अमीर लोगों की श्रेणी में नहीं आता मगर मैने इसे चख रखा है।

उसके दाहिने हाथ में शराब का गलास था और बाएं हाथ की मुट्ठी बंद थी जिसने शायद उसने कुछ छुपा रखा था। मैं धीरे धीरे उसके पास जाने लगा ताकि उसे यह पता न चल सके कि मैं उसकी और आ रहा हूं मगर बदकिस्मती से उसने मेरी और देख लिया और वहां से भागने लगा। वो एक बाइक पर सवार तेज रफ्तार में था और हम उसके पीछे अपनी गाड़ी में। बहुत देर तक पीछा करने पर उसने एक बिल्डिंग के पास गाड़ी रोकी जहां पर उसका कंस्ट्रक्शन चला रहा था। मगर शाम बहुत हो चुकी थी और अंधेरा काफी ज्यादा हो गया था। आनंद ने अपने फोन की फ्लैश लाइट जलाई और मैं अपने हाथ में गन लिए हुए फ्लैश लाइट की रोशनी के पीछे पीछे चल रहा था। अचानक मेरे हाथ पर एक डंडा पड़ा और मेरी गन दूर जा गिरी।

वह ठीक हमारे पीछे खड़ा था, मेरी गन लिए हुए। उसने एक गोली हमारे पैरों की और चलाई और हमें वहीं बैठने और रोशनी बंद करने को कहा। रोशनी बंद करने के कुछ देर बाद तक उसकी कोई आवाज नहीं

आई। मुझे समझ आ गया कि वो वहां से भाग चुका था। मैंने उसको आवाज लगाई और जब कुछ जवाब नहीं आया तो मैंने अपने फोन की फ्लैश लाइट जलाई। वहां सिर्फ मेरी गन पड़ी थी।

इस गोली की आवाज से आनंद के दिमाग पर एक गहरा असर पड़ा और उसने अचानक कहा, "मुझे समझ आ गया।"

"क्या? क्या समझ आ गया? ये तुम क्या बक रहे हो?"

"जेबा के साथ साथ मेरी बहन और पापा की मौत का जिम्मेदार भी अरनव ही है।"

"मगर तुम इतने विश्वास के साथ कैसे कह रहे हो?"

"अरनव और मेरी कहानी काफी हद तक एक जैसी ही है, आपने मेरी डायरी पढ़ते समय शायद उतना ध्यान नहीं दिया था। उसकी बहन का भी बलात्कार हुआ था और पिता की मौत।" उसने कहा।

"मगर उसके पिता को उसी की मां ने मारा था, वो अलग बात है कि वो यह करने पर मजबूर थी। उसकी बहन ने खुद को गोली मारकर आत्महत्या की थी। माफ करना मुझे ऐसा नहीं कहना चाहिए मगर तुम्हारी मां अभी जिंदा है और उसके केस में उसकी मां ने भी आत्महत्या कर ली थी।" मैंने उसे याद दिलाते हुए कहा।

"मगर एक एक बात और है जो तुम आप भूल गए।"

"क्या?"

"उसके साथ यह सब इसलिए हुआ था क्योंकि किसी धनवान सेठ ने उसके पिता पर चोरी इल्जाम लगाकर उनको काम से बेदखल कर दिया था।"

"तो?" मैंने भवें ऊंची करते हुए कहा।

"मेरे पिता गुसेल स्वभाव के व्यक्ति थे। वो अकसर अपने घटिया एम्पलाइज के बारे ने बात करते थे और कहा करते थे कि इस लोगों की हमारे काम में कोई जरूरत नहीं है।" उसने कहा, "हो सकता है कि अरनव के पापा मेरे पिता की ही फैक्ट्री में काम करते थे और वो उनके गुस्से का शिकार हो गए। मेरे पापा गुसैल स्वभाव के थे, और वो गुस्से में ऐसा कर सकते थे।

"और इसलिए उसने सिर्फ तुम्हारे पिता को मारा और तुम्हारी बहन को जिंदा छोड़ दिया। उसकी बहन का भी रेप हुआ था और उसके बाद तुम्हारी बहन का भी हुआ। दोनो की बहनों ने ही खुदखूसी की।" मैने सोचते हुए कहा।

"बिल्कुल ऐसा ही हुआ था।"

"मगर उस खत का क्या जो तुम्हारी बहन ने लिखा था जिसमे उसने तुम्हारी बहन ने जेबा और उसके भाई अफरोज को इसका जिम्मेदार ठहराया था?" मैंने पूछा।

"अरनव में एक खूबी है। वो किसी की भी राइटिंग और साइन को हुबहू कॉपी कर सकता है।"

"तुम यह कहना चाहते हो कि उसने तुम्हारी बहन साक्षी की राइटिंग कॉपी की और वहां पर वह खत रख दिया ताकि तुम्हारा ध्यान जेबा की और चला जाए और पुलिस भी इसे सुसाइड बोलकर केस को क्लोज कर दे, और पुलिस ने भी ऐसा ही किया था।

"और जहां तक तुम्हारे घर में मिली अफरोज की लाश की बात है, तो उस वीडियो में जेबा ने बताया था कि अफरोज भी तुम्हारी बहन से उतना ही प्यार करता था जितना तुम जेबा से करते थे। हो सकता है जिस तरह उस रात जेबा से तुम मिलने गए थे, उसी तरह अफरोज भी तुम्हारी बहन से मिलने गया हो। अफरोज ने उसे बचाने की कोशिश की होगी और वह अपनी जान गवां बैठा। फिर सारा इल्जाम उस पर डाल दिया गया। एज़ सिंपल एज़ इट इज।"

सब कुछ समझ आ चुका था सिवाय दो चीजों के। जेबा के द्वारा आनंद को भेजे गए वीडियो में जेबा ने बताया था कि उसके घर एक लड़की आई थी और वो उसे वहां से भगाकर ले गई थी। फिर वो लड़की कौन थी?

दूसरी बात ये कि अरनव ने जेबा को क्यों मारा? उसके साथ उसकी क्या दुश्मनी थी? इन सब सवालों का जवाब तो अरनव ही दे सकता था और अब उसे ढूंढना बहुत जरूरी हो गया था। हम अब इस केस के असली कातिल के बहुत करीब थे और उसे पकड़कर सलाखों के पीछे करना बाकी रह गया था।

"अब वो हमें कहां मिलेगा?" मैंने आनंद से पूछा।

"मायरा— " उसने अचानक कहा।

"मायरा? दयाल की बेटी! हां, तुमने उसका अपनी डायरी में जिक्र किया था।"

"अरनव कुछ दिन यहां से गायब रहने की कोशिश ने रहेगा। हो सकता है वो वापस अमेरिका लौट जाए जहा से वो अभी कुछ दिन पहले आया था।" आनंद ने कहा, "उसके सारे डॉक्युमेंट्स और पासपोर्ट मायरा के पास है। वो वहां जरूर जायेगा।"

"ग्रेट, आनंद! तो देर किस बात की? चलें दयाल के घर।"

"इतनी रात को? रात के सात बजे है और उसके घर इस समय जाना अच्छा नही होगा।" उसने मना करते हुए कहा।

"वो हमारे दिन में जाने का इंतजार नहीं करेगा। वो आज रात को ही पासपोर्ट लेकर भाग जायेगा और फिर चले जाना दिन में मायरा से मिलने।" मैंने गुस्से में कहा।

उसने कुछ देर सोचा और फिर कहा, "चलो।"

रात के तकरीबन नौ बजे थे और हम दयाल के घर के बाहर खड़े थे। आनंद ने जैसे ही डोर बेल बजाई, मायरा उसके सामने खड़ी मिली।

"ओह आनंद, तुम! तो आज तुम्हे मेरी याद आई। इतने दिन कहां थे? एक बार भी मुझे कॉल नहीं किया। तुम बाहर क्यों। खड़े हो अंदर आओ।" वो बोली का रही थी, तभी उसकी नजर मुझ पर पड़ी और क्योंकि मैने पुलिस की वर्दी पहन रखी थी, उसकी आवाज डगमगाने लगी, " पुलिस! पुलिस यहां क्या कर रही है?"

"तुम डरो मत। ये यहां अरनव की तलाश में है।"

"अरनव की तलाश में? मगर क्यों?" मायरा ने पूछा।

"यह लंबी कहानी है और ये मैं तुम्हे बाद में बताऊंगा। फिलहाल तुम मुझे ये बताओ कि क्या अरनव यहां आया था?"

"नहीं। मगर उसका कॉल मुझे आया था।"

"कहां से? उसका मोबाइल तो बंद पड़ा है।"

"हम्म, शायद इसलिए उसने अपने नंबर से कॉल नहीं किया था।" उसने कुछ देर अपने मोबाइल की स्क्रीन पर का हाथ घुमाया और फिर आनंद की वह मोबाइल पकड़ा दिया। आनंद ने मुझे वो नंबर भेज दिए और मैने उसे ट्रैकिंग के लिए भेज दिया।

हमे पता चला कि यह कॉल यहां से सात किलोमीटर दूर नंदूराम चौहान की दुकान के पास बने टेलीफोन बूथ से किया गया था। हमने जरा भी देरी नहीं की और हम उस नंदुराम के पास पास पहुंचे जो कुछ ही समय में अपनी दुकान बंद करने वाला था।

"आपने इसको कहीं देखा है?" मैंने अरनव की तस्वीर उसे दिखाते हुए कहा।

"साहब, दुकान पर तो बहुत कस्टमर आते है। अब किन-किन की शकल याद रख सकते है।"

"तुमने उसे देखा है या नहीं, बस इतना बता।" मैंने गुस्से में कहा। तभी मेरी नजर आनंद पर पड़ी जो पीपल के पेड़ के पास बैठे एक व्यक्ति की और जा रहा था। वो अरनव ही था और हमें देखकर वो वहां से भागने लगा मगर इस बार हमने उसे वहीं पकड़ लिया।

"तू मुझे धमकी देगा? मुझे मेरी बेटी को मारने की धमकी वाले खत लिखेगा? साले!" मैंने उसके गाल पर दो तीन थप्पड़ जड़ दिए।

"कौनसे खत? मैंने आपको कोई खत नहीं लिखे।" अरनव ने यह कहा ही था कि मैंने एक और थप्पड़ उसके गाल पर जड़ दिया।

"मेरी बहन का रेप हुआ। मेरी बहन की इसमें क्या गलती थी?" आनंद की आंखों में आंसू और गुस्सा दोनो थे।

"गलती तो मेरे पिता की भी नही थी मगर उनको बदनाम किया गया। चोर बोला गया। मैं किससे पूछूं कि उनके साथ ये क्यों हुआ?" अरनव ने आनंद की आंखों में आंखे डालकर कहा, उतने ही गुस्से के साथ।

"मगर वो निर्दोष थी। तुमने मेरी बहन का रेप किया, मेरे पिता को मार डाला और जेबा का भी कत्ल किया, अब मुझे ये तो बता दो कि मेरी बेटी प्रिया कहां है।" आनंद उसके सामने फूट फूट कर रो रहा था। ऐसा लग रहा था मानो वह अपनी बेटी के बदले उसे उसकी हर गलती के लिए

माफ कर रहा था।

"एक मिनट! तुम्हारे साथ जो हुआ, क्या उसके लिए तुम मुझे जिम्मेदार ठहराना चाहते हो?" अरनव ने चौंकते हुए कहा, "मैने किसी का कत्ल नहीं किया और तुम्हारे साथ जो हुआ, उसके लिए मैं जिम्मेदार नहीं हूं।"

"तो तुम वहां पब से क्यों भागे जब मैं तुम्हारे पीछे दौड़ रहा था?" मैं गुस्से में उसकी कॉलर पकड़कर उसे खड़ा किया।

उसने अपनी पॉकेट में हाथ डाला और एक प्लास्टिक की पुड़िया निकाली जिसमे कुछ सफेद पावडर सा था। "मेरा परिवार मुझसे छिन जाने के बाद मैने हर तरह का नशा करना शुरू कर दिया। शराब, सिगरेट और यहां तक की ड्रग्स का नशा।" उसने उदास होते हुए कहा, "उस पब में एक व्यक्ति मुझे ड्रग्स की सप्लाई करता है और मुझे लगा कि आपने मुझे उससे ड्रग्स लेते देख लिया है। आपने पुलिस की वर्दी पहन रखी थी और मैं घबरा गया था। इसलिए मैं वहां से भागा था। मैं आनंद के साथ ऐसा करने की सोच भी नही सकता। मैं उसे दोस्त मानता हूं।"

"मैं गुस्से में था और मैंने उसे एक और थप्पड़ मारा, "संच बोल वरना संच उगलवाना मुझे अच्छे से आता है।"

"आपने डरा धमकाकर अगर मुझसे झूठ कबूल करवा भी लिया था तो असल गुनेहगार तो खुलेआम बाहर ही घूम रहा होगा। मैं कातिल नहीं हूं, यही आखरी संच है।" वो मेरी आंखों में आंखे डालकर बोल रहा था और उसकी बातों में संच साफ नजर आ रहा था।

"वो सब पता चल ही जाएगा जब तुम्हारा "लाइ डिटेक्टर" टेस्ट किया जाएगा। अगर तुम अभी सब संच संच बता दोगे तो शायद तुम्हारी सजा कुछ कम हो जाए।" मैंने उससे कहा हालांकि मुझे पता था कि लाइ डिटेक्टर टेस्ट के लिए उसकी मंजूरी होना जरूरी था।

"जी साहब, आप चाहे तो अभी मेरा ये टेस्ट ले लीजिए। मगर संच बदलेगा नहीं," उसने कहा।

हम उसे फिर जेल ले गए। अगली सुबह मैने आरव को अरनव के फिंगरप्रिंट भेज दिए ताकि वह उसका डीएनए कातिल के डीएनए से मैच कर सके।

"साहब, लाइ डिटेक्टर टेस्ट में तो पता चल ही जाएगा कि अरनव ने वो कत्ल किया है या नहीं।" आनंद ने कहा।

"पाठक कहां है?" मैंने कांस्टेबल अंकित को कहा।

"वो आज छूटी पर है साहब। आज उसकी बेटी का बर्थडे है। उसने बताया था कि वो आज घूमने जा रहा है।"

"उसने मुझसे पूछना जरूरी भी नहीं समझा। यहां मैं अपने बीवी बच्चों के साथ घूमने की ट्रिप कैंसिल किए हुए हूं और वो मजे कर रहा है।"

अरनव ने फिर से कहा, "साहब, लाइ डिटेक्टर टेस्ट में तो पता चल ही जाएगा कि अरनव वो कातिल है या नहीं।"

"हम अरनव का लाइ डिटेक्टर टेस्ट नहीं कर रहे आनंद। उस टेस्ट के लिए ऊपर से ऑर्डर्स की जरूरत पड़ती है।" मैंने कहा, "अगर वो कातिल होता तो वो इस टेस्ट के लिए तैयार नहीं होता और उसकी बातों में हिचकिचाहट साफ दिखती। मगर इस कुछ नहीं हुआ। वो अपने आप को निर्दोष साबित करना चाहता था और इसलिए उसने झट से हां बोल दिया।"

"तो फिर आपने उसे जेल में बंद क्यों कर दिया? उसे छोड़ दीजिए।"

"नहीं। अरनव की हमे कभी भी जरूरत पड़ सकती है। और वैसे भी जब तक डीएनए टेस्ट की रिपोर्ट नहीं आ जाती, मैं उसे रिहा नहीं कर सकता।"

तभी मेरे फोन की घंटी बजी।

"हां, आरव, बोलो। मुझे उम्मीद है कि तुम्हे कोई खास जानकारी हासिल हुई है।"

"तुम सही हो विवेक। मुझे बिडिंके दांतों से डीएनए मिला जिसे लैब में टेस्ट करके यह सामने कि कत्ल करने वाला कोई लड़का नहीं बल्कि एक लड़की है। और उसी लड़की ने इस बॉडी को यहां पंखे पर लटकाया था।

"क्या! तुम यह यक़ीन के साथ कह रहे हो?"

"डीएनए टेस्ट में अस्सी प्रतिशत गुण लड़की के मिले है जो दर्शाता है कि कत्ल किसी लड़की ने ही किया है।"

"माय गॉड!" मैं अचंभित था। अब तक हम एक लड़की को ढूंढ नहीं पाए, ये एक पुलिस इंस्पेक्टर के लिए शर्म की बात थी। एक ऐसा इंस्पेक्टर जिसने पिछले आठ महीनों में पच्चीस से भी ज्यादा केस सॉल्व किए थे और वह पिछले पांच दिनों से एक लड़की का केस सॉल्व नही कर पाया।

"हम्म, और उसकी हाइट एक सौ एकहतर सेमी है और वजन उनसठ किलो। मेरे हिसाब से तुम्हारे लिए इतनी जानकारी अभी के लिए काफी होगी।"

"तुमने बहुत बढ़िया काम किया है।" कहते हुए मैने फोन रख दिया।

11

मेरी नाजायज बहन

जब आपके दिमाग में कुछ नही होता है तब कुछ न कुछ आपके दिमाग में जरूर आता है। मैं सोच रहा था कि अब क्या करना चाहिए। आनंद के दिमाग में भी ऐसा कोई सस्पेक्ट था नही जो एक लड़की हो। उसने कभी किसी लड़की से दुश्मनी की ही नहीं थी। आरव ने जो कॉल पर बताया था उसके मुताबिक अब हमे एक सौ एकहतर हाइट और उनसठ वजन वाली एक लड़की की तलाश थी।

मैंने अभी अपना फोन रखा ही था कि फिर मेरे फोन की घंटी बजी।

"क्या!" मेरे कानों ने जो सुना था वो बहुत भयानक था। मैंने अपनी गाड़ी ली और आनंद के साथ मेरे घर निकल गया।

"ये कैसे हुआ?" मैंने शालिनी से कहा।

शालिनी आकर मेरे गले लग गई। दोबारा मेरे पास कॉल आया। यह आवाज किसी लड़की की थी।

"इंस्पेक्टर, मेरी बात को न मानने का अंजाम देख लिया तुमने। मैंने तुम्हे कहा था कि इस केस को बंद कर दो और आनंद को रिहा कर दो। मगर तुम इस केस के पीछे पड़े रहे। अब मैं भी चाहती हूं कि तुम मुझे ढूंढो। तुम्हारी बेटी का मैंने अपहरण किया है और मैं तुम्हे तीन दिन की मोहलत दे रही हू। अगर तीन दिनों में तुमने मुझे ढूंढ लिया तो तुम्हारी बेटी को तुम बचा पाओगे वरना मैं खुद इसे मार डालूंगा और इसकी लास तुम्हे तुम्हारे घर में उसी हालत में मिलेगी जिस हालत में तुम्हें वो गुड़िया

मिली थी। एक प्यारे लिफाफे के साथ।"

"क्या मेरी बेटी प्रिया भी तुम्हारे पास है?" आनंद ने जल्दी में कहा कि कहीं वो फोन न रख दे।

"हां, तुम्हारी भी और इस्पेक्टर की भी। यह खेल तुम लोगों ने शुरू किया था, अब इसे मैं बंद करुगी। अगर अपनी बच्चियों को सही सलामत चाहते हो तो बहत्तर घंटे है तुम्हारे पास। याद रखना। बहत्तर घंटे - "

" रुको। फोन मत रखना। ये तो बता दो कि तुम कौन हो और ये सब क्यों कर रही हो?"

"मैं तुम्हारा पास्ट हूँ।" यह कहते हुए उसने फोन रख दिया।

आनंद अपने माथे पर हाथ रखकर सोफे पर बैठ गया। मैंने उसके हाथ से फोन लिया और वह नंबर देखा।

"ये तो तुम्हारा नंबर है शालिनी!"

"हम्म, यह फोन निशा के पास था।"

"उसने तुम्हारे फोन से कॉल किया है और अब ये बंद आ रहा है। ये लड़की बहुत शातिर है। इसने हमारे घर के बाहर इतनी सिक्योरिटी होने के बावजूद उसे अगवाह कर लिया," मैंने गुस्से में कहा।

"अब हम क्या करने वाले है?" आनंद ने कहा।

मैंने कुछ देर सोचा और फिर मुझे उसके कहे आखिरी शब्द याद आया जो उसने फोन रखते समय कहा था "पास्ट! उसने कहा था कि वो तुम्हारी पास्ट हैं।"

"इसका मतलब जेबा और साक्षी के मौत का संबंध उसी लड़की से है।"

"हां, और कही न कहीं वो तुम्हे या तुम्हारी बहन को तुम्हारे बचपन से जानती है। 'वो तुम्हारा पास्ट है' इसका यही मतलब हुआ।" मैंने कहा, "क्या तुम्हारी बहन या पिता की किसी से दुश्मनी थी?"

"मैं अपने पिता के बारे में आपको पहले ही बता चुका हूं। उनके स्वभाव की वजह से कई लोग उनके दुश्मन रहे होगे। मगर मेरी बहन की किसी से दुश्मनी नहीं थी।"

"हम्म..." मैंने होठ अपने दांतो के तले करते हुए कहा।

"मगर एक बात थी जो मेरी बहन ने किसी को नही बताई।" उसने अचानक याद करते हुए कहा।

"मेरी बहन की पढ़ाई का बहुत शौक था। वह आपकी तरह एक काबिल इंस्पेक्टर बनना चाहती थी। वह कॉलेज करने के लिए कलकाता गई मगर कुछ ही महीनों में लौटकर वापस आ गई।" आनंद ने उदास मन से कहा, "उसने कहा कि अब वो इंस्पेक्टर नहीं बनना चाहती। वो घर से भी बाहर नहीं निकला करती थी।"

"क्या तुम लोगों ने इसका कारण जानने की कभी कौसिस नहीं की?"

"बहुत बार। मगर वो बात को घुमा देती और कुछ नहीं बताती।"

"क्या वह कलकता यूनिवर्सिटी में पढ़ाई करती थी?"

"हां। मैंने कभी उसकी यूनिवर्सिटी का नाम जानने की इच्छा नहीं की मगर मुझे लगता है वो वहीं पढ़ती थी।"

आनन्द गाड़ी में बैठा और हम चल दिए कलकत्ता यूनिवर्सिटी। यह एक बड़ा कॉलेज था और बड़ी तादाद में लड़के और लड़कियां यहां अपना सपना पूरा करने के लिए आते थे। उनका शोर हमे साफ सुनाई दे रहा था और यह बिल्कुल मुझे अपने स्कूल के दिन याद दिला रहा था।

"हमे यहां के डीन से मिलना है।"

"यहां से दाहिने मुड़िए। एक बड़े से बोर्ड के सामने आपको उनका ऑफिस दिखाई देगा।" एक पियों ने रास्ता बताया।

डीन मुख्या रूप से उनिवेर्सिटी का एक अफसर होता है जो किसी पर्टिकुलर फैकल्टी का हेड होता है।

"हेलो!" मैंने डीन को अपनी आईडी दिखाते हुए कहा, "मैं पुलिस इंस्पेक्टर विवेक उपाध्याय।"

"पुलिस!" उसने चिंता जताते हुए कहा, "क्या इस फैकल्टी से कोई शिकायत पहुंची है आपके पास?"

"जी नहीं। घबराइए मत। हम किसी पुराने केस के सिलसिले में यहां आए है।" मैंने उन्हें शांत करते हुए कहा।

"ओह, माइसेल्फ जॉन एंथोनी। इस फैकल्टी का डीन।" उसने अपना परिचय दिया।

वो हमारी और देख रहा था, इस आस में कि हम कुछ बोलेंगे। मैंने आनंद की और देखा।

"मैं आनंद मिश्रा हूं। आज से तकरीबन आठ साल पहले मेरी बहन यहां कॉलेज करती थी। क्या आप उसके बारे ने कोई भी जानकारी हमे से सकते है?"

"जी, बिलकुल। हम हमारे हर एक स्टूडेंट की एक फाइल तैयार करके रखते है जब से वो हमारी कॉलेज में एंटर करता है।" यह कहते हुए एंथोनी ने अपने पास पड़े टेलीफोन से कुछ नंबर डायल किया "हेलो जैक! रैक नं 2009-10 में साक्षी मिश्रा नामक एक लड़की की फाइल है।" उसने फोन को अपने कान से दूर किया और अपना मुंह आनंद के पास करते हुए पूछा, "साक्षी कहां रहती है?"

"बतासिआ लूप, दार्जीलिंग," आनंद ने जल्दी से जवाब दिया।

एंथोनी ने फिर से टेलीफोन कान पर लगा, "वह लड़की दार्जिलिंग रहती है। जरा देखो तो, उसकी फाइल वहां जरूर मिल जाएगी। और फाइल मिलते ही उसे मेरी टेबल पर पहुंच देना।" यह कहते हुए उसने फोन रख दिया "इतने सालों बाद आपको कैसे जरूरत पड़ी इस फाइल की?"

"दरअसल। उसका मर्डर हो चुका है। तो उसी सिलसिले में हम यहां आए है," मैंने कहा।

"ओह, माफ़ करना!"

"कोई बात नहीं।"

कुछ ही देर में फाइल एंथोनी के टेबल पर थी। इस कर साक्षी की फोटो देखकर आनंद ने कहा, "यही है।"

एंथोनी ने फाइल देखते हुए कहा, "यह लड़की बहुत होनहार और अनुशासन प्रिय छात्रा थी। एग्जाम में यह मार्क्स अच्छे प्राप्त करती थी। मगर यह सिर्फ पांच महीने ही इस कॉलेज में रही और इसके बाद उसने यह कॉलेज छोड़ दिया।"

"उसने ऐसा क्यों किया? क्या आप ये जानते है?"

"नहीं" उसने मना कर दिया हालाकि उसके ना करने में हिचकिचाहट हमे साफ दिख रही थी।

"क्या उसकी यहां किसी सी दुश्मनी थी?"

"आठ साल बीत गए। इतना मुझे याद नहीं है। वैसे भी, हमारे कॉलेज में अनुशासन का महत्त्व सबसे ऊपर है और कोई किसी से लड़ाई झगड़ा नहीं करता।"

"आप हमसे कुछ छुपा रहे है।" मैंने उनके मन के अंदर छुपे डर को भांप लिया था।

"ललिता।" उसने कहा, "हमारे फैकल्टी में एक लड़की थी। उसका नाम ललिता था और उसके पिता नहीं थे। उसकी मां आई थी उसका एडमिशन कराने। उसके केस को मैं नहीं भूल सकता।"

"ऐसा क्या खास था उसके केस में?" मैंने पूछा।

"कई बार साक्षी ने उसकी कंप्लेंट की। मुझे ऐसा नहीं कहना चाहिये और हमारे स्टूडेंट्स ऐसे नहीं है मगर वो अलग थी। वो साक्षी को सेक्सुअली हरास कर रही थी और उसके प्राइवेट पार्ट्स को टच किया करती थी। साक्षी ने कई बार मुझे इस बारे में बताया।"

"आपने कुछ किया क्यों नहीं?"

"पहले जब साक्षी ने मुझे ललिता के ऐसी हरकतों के बारे ने बताया तो मुझे लगा कि वो झूठ बोल रही है। उससे पहले हमारे कॉलेज में मुझे ऐसी कोई शिकायत नहीं मिली थी। बाद में उसकी शिकायतें बढ़ती गई और एक दिन उसने यह कॉलेज छोड़ दिया।

"मैंने आपसे ये पूछा कि आपने उस लड़की के खिलाफ कुछ एक्शन क्यों नही लिया?" आनंद ने थोड़े गुस्से में कहा।

"अगर हम उसके खिलाफ कोई एक्शन लेते तो यह बात पुरे कॉलेज ने फैल जाती और हमारी कॉलेज की रेपुटेशन खराब हो जाती। इसी डर की वजह से हम कोई एक्शन नहीं ले पाए।" एंथोनी ने हिचकिचाते हुए कहा।

"क्या मुझे ललिता की तस्वीर मिल सकती है?" मैंने कहा।

थोड़ी ही देर में टेबल पर ललिता की फाइल भी आ गई। उसने मुझे उसकी फोटो देते हुए कहा, "मुझे पता है आप अगला सवाल क्या पूछने वाले है। वह यहां से बारह किलोमीटर दूर एक अनाथाश्रम में रहती थी।"

"मगर उसकी मां तो जिंदा थी? तो क्या वो औरत उसकी मां नही थी जो उसका एडमिशन कराने आई थी?"

"इस बारे में मुझे नहीं पता। मैं जो कुछ जनता था मैने वो सब आपको बता दिया।"

"क्या इसकी कोई बड़ी फोटो मिलेगी? ये पासपोर्ट साइज फोटो है और ये कई दिन फाइल में पड़ी रहने से खराब हो गई है जिस वजह से इसकी सकल साफ दिखाई नहीं पड़ रही।"

"माफ करिए। मगर हमारे पास हमारे स्टूडेंट्स की पासपोर्ट साइज फोटो ही होती है। एक बड़ी फोटो हम कोर्स समाप्ति पर खिंचवाते है मगर साक्षी के कॉलेज छोड़ने के एक महीने बाद उसने भी कॉलेज छोड़ दिया।"

"ओके। इतनी जानकारी देने के लिए आपका धन्यवाद।"

यह एक बड़ा अनाथाश्रम था और छोटे से लेकर बड़े बूढ़ों तक हर कोई यहां रह रहा था। हम वहां के सुपरिन्टेन्डेन्ट शिवम् गिरी से मिले।

"ललिता का पूरा बचपन यहीं बीता। दो साल की थी वो जब एक व्यक्ति उसे इस अनाथाश्रम के बाहर छोड़कर चला गया।" गिरी ने कहा।

"क्या आपको उसके बारे में कुछ भी अजीब लगा? उसकी हरकतें या कुछ और?"

"नहीं। वो एक अच्छी लड़की थी। उसमे एक ही बात बाकी लड़कियों से अलग थी और वह यह थी कि वह लड़कों के साथ खेलना ज्यादा पसंद करती थी। लड़कों के खिलौने, वैसी मूवीज देखना और लड़कों के कपड़े पहनना ये सब उसके शौक़ थे।"

"क्या वह यही लड़की थी?" मैंने वह पासपोर्ट साइज फोटो दिखाते हुए कहा।

"हां। यह वही है।" उसने हामी भरी।

"धन्यवाद," कहते हुए हम वहां से जाने लगे तभी पीछे से गिरी ने हमें आवाज दी।

"रुकिए। एक औरत हर रोज उससे मिलने आया करती थी। ललिता को नहलाना, कपड़े पहनाना और खाना खिलाना ये सब वही औरत

करती थी। इसके बाद वो यहां से चली जाती। वह हर महीने एक बड़ी धनराशि आश्रम में जमा करती थी ताकि आश्रम के बच्चे पढ़ाई कर सके। कुछ साल पहले वो ललिता को लेकर यहां से चली गई।"

"क्या आपके पास उनकी कोई तस्वीर है?" आनंद ने कहा।

"जी बिल्कुल। वो आश्रम में सबसे ज्यादा धनराशि जमा करती थी। उनकी फोटो जरूर मिलेगी।" वो अंदर गया और एक फाइल लेकर आया जिसमे से उसने एक फोटो निकालकर मुझे दिखाई "हम आश्रम में पैसा दान करने वालों का लेखा जोखा रखते है।"

तस्वीर देखते ही आनंद की आंखे फटी की फटी रह गई। वो महिला उसकी मां थी। उसकी मां ललिता से मिलने क्यों। आती थी? क्या वो उसकी नाजायज औलाद थी और उसके क्या पिता को इसके बार में पता था? असलियत क्या थी ये तो उसकी मां भी उसे नहीं बता सकती थी क्योंकि उसकी मां की मानसिक स्थिति सही नहीं थी और वो बोल नही सकती थी। उसकी तबियत बहुत खराब थी और इस हालत में नहीं थी कि उससे कुछ पूछा जाए।

आनंद को अपनी जिंदगी में कई सरप्राइज मिले थे। मगर यह सरप्राईज नही था, यह सस्पेंस था। वह समझ नहीं पा रहा था कि हो क्या रहा है!

"मुझे लगता है कि हमें तुम्हारे पुराने घर चलना चाहिए जहां तुम्हारे बहन और पिता की लाश मिली थी। उसी जगह जहां से यह कहानी शुरू हुई थी। जहां पर तुम्हारा बचपन गुजरा था। बतासिआ लूप।"

मै गाड़ी में बैठा हॉर्न बजा रहा और आनंद को कह रहा था कि हमें जल्दी दार्जिलिंग चलना चाहिए।

"यही है तुम्हारा पुराना घर?" मैंने आनंद के घर की और देखते हुए कहा। आनंद अपने घर की और देखकर अपनी पुरानी यादें ताजा कर रहा था। हमने उस घर पर लगा ताला तोड़ा और उसके अंदर चले गए।

आनंद वो सब याद कर पा रहा था। कैसे दरवाजा खोलते ही उसे पंखे पर लटकी अपनी बहन की लाश दिखाई दी थी।उसने ऊपर पंखे की ओर देखा और बाएं मुड़कर एक सोफे पर बैठ गया जहां पर उसके पिता की लाश पड़ी थी। वो वहां पर अपने पिता की लाश के पास बैठे आनंद की देख

पा रहा था और एक पुलिस इंस्पेक्टर उसके सामने एक खत पढ़ रहा था। मैंने आनंद के कंधे पर हाथ रखा और आनंद उस भ्रम से बाहर निकला।

हम दोनों ने पूरे घर की तलाही लेना शुरू किया।

"तुम्हे कुछ भी अजीब लगे तो मुझे बताना, आनंद।"

"जी, साहब।" आनंद ने कमरे में से आवाज लगाई।

"आनंद!" मैंने जोर से पुकारते हुए कहा, "यहां आओ। जल्दी।"

मैंने अलमारी में मिली कुछ तस्वीर उसको दिखाई। ये तस्वीरे ललिता और उसकी मां की थी।

"यह मेरी मां की अलमारी है।" आनंद की आंख से आंसू की एक बूंद जमीन पर जा गिरी।

"वह तुम्हारी बहन है। ललिता।" मैंने उसे कहा।

"तो वो मुझे क्यों परेशान कर रही है? उसने क्यों साक्षी, जेबा और पापा को मारा? क्यों मेरी बेटी प्रिया को अगवाह कर रखा है उसने!" वह दर्द के मारे घुटनों के बल बैठ गया।

"कम से कम हमे ये तो पता चला की वो तुम्हारी बहन है" मैंने उसे दिलासा देते हुए कहा, "और अभी यह साबित नहीं हुआ है कि यह सब कत्ल ललिता ने किए है। हो सकता है यह हम जो सोच रहे है वैसा कुछ नही है।"

उधर आनंद ललिता की संचायी जानकर गम में डूबा दुख मना रहा था और इधर मेरे फोन की नोटिफिकेशन बजी। मैंने अपना फोन निकाला तो एक वीडियो सोशल मीडिया पर वायरल हो रही थी। यह वीडियो में मायरा थी।

"आनंद, देखो। मायरा की वीडियो वायरल हो रही है।"

इस विडियो में मायरा, राजावत हाउस में, जेबा की लाश के पास खड़ी है और उसके हाथ में एक गन है। वह अपने चारों और देख रही है और गन को पास ही में पड़े सोफे पर रखकर वह यहां से भाग जाती है। यह वीडियो मात्र बारह सेकंड का था मगर काफी था मायरा को कातिल साबित करने के लिए।

"मुझे लगता है हमे जेबा का कातिल मिल चुका है। हमें फौरन मायरा के घर चलाना चाहिए।" मैंने कहा।

"कोई फायदा नहीं। यह वीडियो अब तक उसके पास भी पहुंच गई होगी और वह अपने घर से भाग चुकी होगी। हमे पहले पुलिस स्टेशन चलना चाहिए।" आनंद ने कहा।

पूरे रास्ते आनंद ने एक शब्द भी मुंह से नहीं निकला। अब। तक हमे ये पता चल पाया था कि आनंद की एक नाजायज बहन भी है जिसे उसकी मां ने सबसे छुपा कर रखा। दूसरी बात ये कि मायरा ने जेबा को मारा है। लेकिन क्या इस बात का साक्षी की मौत से कोई कनेक्शन है? अगर नही, तो उसने जेबा को क्यों मारा। अगर हां, तो कनेक्शन क्या है। ये सब हमे मायरा से मिलकर ही पता चल सकता था।

12

मैं हूँ कातिल

पुलिस स्टेशन में एंटर करते ही हम दोनों के प्रथम गए। हमारे सामने मायरा खड़ी थी। हमारे इंतजार में।

"इसे पकड़ो, भाग ना जाए!" मैंने मायरा को देखते ही एक कॉन्स्टेबल से कहा।

"इसकी कोई जरूरत नहीं है," मायरा ने उन्हें रोकते हुए कहा। "मैं यहां सरेंडर करने खुद आई हूं।"

मायरा हमारे सामने चेयर पर बैठी थी। अपना सर नीचे किए हुए। आंखों में आंसू लिए हुए। उसे देखकर ऐसा लग रहा था कि वह पश्चाताप करना चाहती थी।

"मुझे तुमसे यह उम्मीद नहीं थी, मायरा। मुझे अभी भी मेरी आंखों पर भरोसा नहीं हो रहा यह कतला तुमने किया है!" आनंद की आंखों में आंसू थे।

"सबूत तुम्हारे सामने है। कातिल खुद तुम्हारे सामने बैठी है। मैंने ही जेबा को मारा है।"

"मगर क्यों? क्या बिगाड़ा था उसने तुम्हारा?" आनंद गुस्से से चिल्ला उठा।

"मैं पिछले सात सालों से कुंवारी रही हूं सिर्फ तुम्हारे लिए। तुम मुझसे जेबा की वजह से शादी नहीं करना चाहते थे। जब तुम्हे पता चला कि जेबा आज भी जिंदा है तो बिना एक बार मुझे अलविदा कहे तुम वहां

से चले गए। उसके बाद एक बार भी मुझसे कांटेक्ट नहीं किया। मुझे चिंता हो रही थी कि तुम मुझसे छीने जा रहे हो," मायरा ने कहा। "मैंने सोचा वह जेबा तुम्हें अपने प्यार के जंजाल में फिर से फसा लगी और मैं फिर से अकेली पड़ जाऊंगी।

"तो क्या सिर्फ इसलिए तुमने उसे मार दिया?"

01 अगस्त, रविवार की दोपहर। मैं जेबा से मिली। एक रेस्टोरेंट के बाहर। वहीं से मैंने उसे कुछ गुंडों से अगवा करवाया। पहले मैंने उसे जलील किया, उसके कपड़े फाड़े, उसके शरीर को नोचा— "

मायरा की बात के बीच में ही आनंद ने उसे एक जोरदार थप्पड़ मारा। "तुम्हें शर्म नहीं आई एक लड़की होकर तुम! तुम्हें शर्म आनी चाहिए।"

"तुमने उन दोनों महिलाओं को क्यों मारा?" मैंने पूछा।

"मैने प्लान बनाया कि जेबा को उसी के घर में लटकाकर इसे एक आत्महत्या का केस बना दूं। मुझे लगा कि आत्महत्या का केस समझकर पुलिस कोई छानबीन नही करेगी। मगर मैं गलत थी।"

"उस दिन क्या हुआ था?"

"जब मैं जेबा को उसी के घर में लटका रही थी तो वहां उसकी सास और देवरानी आ गई। वह दोनों मेरे लिए बाधा बन रही थी। उन्होंने मुझे जेबा की लाश के साथ देख लिया और वह तुम लोगों को कॉल करने वाली थी इसलिए मजबूर होकर मुझे उन्हें भी मारना पड़ा।"

"और वह वीडियो जिसमें जेबा खुद स्वीकार रही थी कि वह खुदकुशी अपनी मर्जी से कर रही है? क्या तुमने— "

"हां, मैंने उसके साथ उसकी बेटी प्रिया को भी अगवा किया था। मैने उसे कहा कि अगर वह यह वीडियो नहीं बनाएगी तो मैं उसकी बेटी को मार डालूंगी।"

"वह मेरी बेटी है। क्या वह तुम्हारे पास है? कहां है वह?" आनंद जल्दी से बोल पड़ा।

"वह दोनों लड़कियां अब मर चुकी है। तुम्हारी बेटी भी और इंस्पेक्टर की भी।"

"नहीं, ऐसा नहीं हो सकता।" मैं और आनंद दोनों के ही दिमाग इस बात को सहन नहीं कर सके। आनंद दीवार के सहारे जमीन पर बैठ गया।

सदमे में। मैंने जोर से मायरा गला पकड़ लिया। मैं पहली बार इतने गुस्से में था। पाठक ने उसका गला छुड़ाया जब बिना सांस के मरने में उसके कुछ ही सेकंड बचे थे।

वह थोड़ी देर खांसी और सांस लेते हुए बोली, "वह दोनों लड़कियां भागने की कोशिश कर रही थी। इनफेक्ट, वह भाग चुकी थी। मैं उनके पीछे पीछे भागते एक घर की छत पर पहुंच गई। उनके पास कोई और रास्ता नहीं था और वह दोनों ने छत से छलांग लगा दी।" मायरा ने सिसकते हुए कहा। "पापा को यह सब पता चला तो उन्होंने मुझसे मुंह फेर लिया। यह वीडियो वायरल होने के बाद सबको असलियत का पता चल गया। मुझे पता है अब आनन्द कभी मेरा नहीं हो पाएगा। न ही पापा मेरे साथ अब रहना चाहते है और न ही आनंद। मैं अब सरेंडर करना चाहती हूं।"

मैंने अपनी बेटी खो दी थी। मैं अपनी पत्नी को अब क्या जवाब दूंगा और कौन सा मुंह लेकर उसके सामने जाऊंगा! मैंने उससे वादा किया था कि मैं निशा को कुछ नहीं होने दूंगा।

उसकी मां के बाद आनंद का परिवार सिर्फ उसकी बेटी थी और वह भी उससे छिन चुकी थी। अब वह बिल्कुल अकेला पड़ गया था।

इसे जेल के अंदर डाल दो। परसों इसकी पेशी हम अदालत में करने वाले हैं। डीएसपी फौजदार को अभी इसकी खबर देता हूं। अदालत फैसला सुनाएगी कि इसके साथ क्या करना है।" मेरी आवाज डगमगा रही थी और दिमाग में साथ देना बंद कर दिया था।

सूरज ढल चुका था। इस ढलते सूरज ने मेरी जिंदगी में भी अंधेरा कर दिया था। गाड़ी के आगे चल रहे वाहनों से ज्यादा मुझे मायरा का वह चेहरा दिखाई दे रहा था। उसके वह शब्द मेरे कानों में गूंज रहे थे। मैं खुद को अकेला महसूस कर रहा था।

"क्या हुआ? आज आप बिल्कुल शांत लग रहे हैं। सब कुछ ठीक है ना!" घर पहुंचने पर मेरी हालत देखकर शालिनी ने पूछा।

मैं उसे अभी नहीं बताना चाहता था कि अब उसकी बेटी उसके पास नहीं रही। निशा मर चुकी थी। मैं नहीं चाहता था कि वह भी वही दर्द महसूस करें जो मैं अभी कर रहा था। एक असहनीय दर्द।

"नहीं, कुछ नहीं। पुलिस स्टेशन में आज बिजी शेड्यूल था तो थोड़ा थक गया हूं," मैंने ध्यान भटकाते हुए कहा।

"मैं अभी खाना लगा देती हूं। आपकी थकान मेरे हाथ के बनाए खाने से गायब हो जाएगी।"

"नहीं, मुझे भूख नहीं है।"

शालिनी मेरे पास आकर सोफे पर बैठ गई। "सब ठीक तो है ना? मुझे डर लग रहा है। आप मुझसे कुछ छुपा रहे हो।"

"नहीं ऐसी बात नहीं है। मैं उस केस के सिलसिले में आज कोलकाता गया हुआ था तो रास्ते में ही मैंने खाना खा लिया था।"

"आप बाहर का खाना पसंद नहीं करते। मुझे पता है। अब तो मुझे संच में लग रहा है कि तुम मुझसे कुछ छुपा रहे हो।"

"अरे नही। ऐसी बात नहीं है। दरअसल, मुझे भूख बहुत लगी थी और रास्ते में होटल भी था, और आनंद का भी खाने का मन था तो हमने खाना खा लिया।"

"कोई बात नही। मैं आपसे नहीं पूछ रही कि आप मुझसे क्या छुपा रहे है। आप अपने केस में ध्यान लगाए और जल्दी से जल्दी निशा को घर लेकर आ जाइए। उसके बिना मेरा मन नहीं लगता।" कहते हुए वह अपने कमरे में चली गई।

मुझे बहोत बुरा लग रहा था। मैंने अपनी पत्नी से अपनी ही बेटी के बारे में झूठ बोला। क्या होगा जब उसे पता चलेगा कि उसकी बेटी जिंदा नहीं है! यह सब मेरी ज़िद की वजह से हुआ था। मुझे कातिल की बात मान लेनी चाहिए थी।

एक पिता को भला नींद भी कैसे आ सकती है जब उसे पता चलता है कि उसकी बेटी की मौत हो चुकी है, उसके कारण। पूरी रात मैं करवटें बदलता रहा, और मायरा के दिए बयान के बारे में सोचता रहा। मैं अपनी बीवी की और देख रहा था और बार बार मेरा दिल मुझे दोष दे रहा था। अचानक मै बेड से खड़ा हुआ और समय देखा।

रात के तीन बजे थे। मैंने अपनी बाइक ली और पुलिस स्टेशन निकल गया। मैं इंतजार नहीं करना चाहता था और मैंने जेल का ताला खोलकर मायरा के फिंगरप्रिंट लिए और फौरन उन्हें आरव के पास भेज दिया।

सुबह अलार्म बजा। छः बजे थे। मैं तैयार हुआ और पुलिस स्टेशन निकल गया।

"हम्म, इसके ऊपर खड़ी हो जाओ।"

"छप्पन किलो। ठीक है। अच्छा यहां खड़ी हो जाओ।" मैं मायरा का वजन और हाइट नाप रहा था। उसकी हाइट एक सौ सड़सठ सेमी थी।

"आप यह क्या कर रहे है, साहब?" आनंद ने कहा।

मैं आनंद को बगल में ले गया।

"आनंद, मायरा ने जेबा का कत्ल नहीं किया है। वह झूठ बोल रही है कि यह सब उसका किया हुआ है।"

"क्या?" आनंद ने खुश होते हुए कहा, "इसका मतलब मेरी बेटी अभी जिंदा है!"

"श्शशह, धीरे बोलो। मुझे आशा है वह जिंदा है।"

"मगर— "

"मायरा का वजन और लम्बाई फॉरेंसिक ऑफिसर आरव के द्वारा बताए गए लम्बाई और वजन से बिल्कुल अलग है। वजन घटाया और बढ़ाया जा सकता है, मगर हाइट में इतने कम समय में इतना ज्यादा बदलाव लाना लगभग असम्भव है।"

तभी आरव का कॉल आया।

"हेलो विवेक। तुमने कल रात को जो डीएनए टेस्ट के लिए सैंपल दिया था, वो किसका था?"

"क्यों? क्या हुआ? मुझे पता है वह कातिल नहीं है।"

"अरे नहीं। मैं तुम्हे बधाई देना चाहता हूं। तुम्हारा केस सॉल्व हो गया। बॉडी के दांत में मिला डीएनए उससे मैच हो गया है। वही असली अपराधी है।"

मैंने यह सुना और अपना कॉल पॉकेट में रखा। समझ नहीं आ रहा था कि क्या हो रहा है। मायरा असली कातिल है या नहीं। अगर नहीं है तो डीएनए कैसे मैच हो गया और वो क्यों अपना दोष स्वीकार कर रही है? अगर दोषी है तो उसकी हाइट कातिल की हाइट से अलग कैसे है?

"चलो।" कहते हुए मैने आनंद को अपनी गाड़ी में बैठाया और हम चल दिए मायरा के घर। उसके घर जाकर शायद हमे कुछ पता चल जाए।

हमने पूरा घर छान मारा मगर वहां कुछ ऐसा नहीं था जिसकी वजह से हम कोई अगला कदम उठा सके। हम उसके ऑफिस पहुंच गए।

"दयाल साहब कहां है?" मैंने वहां डेस्क पर बैठे एक कर्मचारी से कहा।

"वो पिछले दो दिनों से ऑफिस नहीं आए है। उन्होंने कुछ बताया भी नही और न ही उनका कोई कॉल आया।" उसने कहा, "क्या आप मायरा मैम को ढूंढ रहे है? हमें नहीं लगता कि वह किसी का कत्ल कर सकती है। उनके साथ जरूर किसी ने षड्यंत्र रचा है।"

"मैंने राय नही मांगी।" मैंने ऑफिस में इधर उधर नजर घुमा रहा था तभी मेरी नजर एक कर्मचारी पर पड़ी जो मुझसे नज़रे चुरा रहा था। जब मैं उसके पास जाने लगा तो वहां से भागने लगा। मै उसके पीछे कई देर दौड़ा और आखिरकार वह पकड़ा गया।

"मैंने कुछ नहीं किया!" वह हाथ जोड़कर गिड़गिड़ाने लगा।

"ओह, तो भाग क्यों रहे थे?"

"आप ही मुझे शक की निगाहों से देख रहे थे।"

"उल्टा चोर कोतवाल को डांटे। अब सीधे सीधे बताएगा या जेल की हवा खाके अपना मुंह खोलेगा?"

"बता रहा हूं।" कहते हुए उसने अपनी जेब से फोन निकालकर मुझे पकड़ाते हुए कहा, "यह मायरा मैम का फोन है। वो यह अपने डेस्क पर भूल गई थी।"

"बस इसलिए तुम भाग रहे थे?"

"इस फोन पर एक कॉल आया था। यह एक लड़की का था। मैंने जवाब नही दिया मगर वो बोल रही थी *अगर तुमने गुनाह कबूल नहीं किया तो तुम्हारे पिता की लाश मैं तुम्हे तुम्हारे घर भिजवा रही हू। चॉइस तुम्हारी है। 'पिता चाहिए या आनंद का भरोसा!* मै डर गया था और मैने बिना कुछ कहे फोन रख दिया।"

मैंने फोन की कॉल हिस्ट्री चेक की तो पता चला की यह कॉल बारह अगस्त को सुबह दस बजे आया हुआ था। यह कॉल शालिनी के फोन से ही किया गया था जो कातिल के पास था।

अब मुझे साफ साफ समझ आ गया था कि दयाल का अपहरण हो चुका है, और कातिल मायरा पर इल्जाम डालकर हमें गुमराह करना

चाहता है। जेबा की बॉडी पर दो डीएनए मिले थे जिनमे से एक ही डीएनए मैच हुआ है। कातिल या तो बहुत ज्यादा डरा हुआ था या फिर हमारे साथ खेल खेल रहा था। उसने हमे तीन दिन की महोलत दी थी और आज दूसरा दिन था।

इस बार आनंद के साथ मैं भी खुश था कि मायरा कातिल नहीं है। क्योंकि अगर वो कातिल होती तो मैं अपनी बेटी को उसके बताए मुताबिक हमेशा के लिए खो चुका होता।

"मायरा उस दिन राजावत हाउस में क्यों गई थी?" हम पुलिस स्टेशन लौट रहे थे और रास्ते में आनंद ने पूछा।

"मैंने उसकी आंखों में तुम्हारे लिए प्यार देखा है, आनंद। तुमने यहां आने के बाद एक बार भी उससे कांटेक्ट नहीं किया। हो सकता है वो तुमसे मिलने गई है और उसी समय कातिल ने उसका वीडियो बनाके इस बात का फायदा उठा लिया। यह केवल बारह सेकंड का वीडियो है।" मैंने वह वीडियो आनंद को दिखाए कहा।

आनंद ने वह वीडियो प्ले किया। इसके बाद उसने स्वाइप किया और उसे वह वीडियो मिला जिसमे जेबा कबूल कर रही थी कि वह सुसाइड अपनी मर्जी से कर रही है।

"आपने इस वीडियो के बारे में मुझे बताया नहीं," आनंद ने कहा।

"यह वीडियो देखते ही मैं पहचान गया था कि यह वीडियो जेबा से शूट कराया गया था। देखो इसका बैकग्राउंड।"

आनंद काफी देर तक वह वीडियो देखता रहा।

"क्या हुआ?" मैंने कहा।

"क्या इस वीडियो में कमरे का बैकग्राउंड महेश के कमरे जैसा नहीं है?" आनंद ने वह वीडियो मेरी और करते हुए कहा।

"क्या? तुम यह यक़ीन के साथ कह रहे हो?" मैंने गाड़ी रोकते हुए कहा, "तुम्हे पता है पिछली बार भी मुझे तुम्हारे बकवास शक की वजह से उस बृजेश की बातें सुननी पड़ी थी।"

"अगर एक पुलिस इंस्पेक्टर को अपनी बेटी से ज्यादा अपने सम्मान से ज्यादा प्यार हैं हमे वहां नहीं चलना चाहिए।"

उसकी बात सही थी। इस वक्त मुझे अपने सम्मान से ज्यादा अपनी बेटी प्यारी थी। उसे पाने के लिए मैं किसी भी हद तक जा सकता था और इसलिए मैंने अपनी गाड़ी घुमा ली और हम चल दिए एक बार फिर राजावात हाउस।

13

रूम नं 117

मुझे नहीं पता था कि बृजेश इस पर क्या प्रतिक्रिया देगा। मैने उससे बिना कुछ कहे महेश को पकड़कर उसके कमरे में ले गया। हालांकि उस कमरे का होलिया थोड़ा बहुत उसके कमरे मैच होता था और उसका पेंट भी वैसा ही था जैसा उस वीडियो में था मगर बैकग्राउंड पूरी तरह वैसा नही था जैसा उसे आनंद के मुताबिक होना चाहिए था।

मैं सिर्फ ये बता के यहां से वापस नहीं जाना चाहता था कि मुझे महेश के कमरे का बैकग्राउंड उस वीडियो में बैकग्राउंड जैसा लगा और इसलिए सिर्फ यही देखने में उनके घर आ गया। यह बेवकूफी वाली बात थी। इसलिए हमने उसके कमरे की तलाशी शुरू कर दी ताकि हम यह कह सके कि हमे उसके कमरे की तलाशी करने के ऑर्डर मिले है।

तभी अलमारी में मुझे एक लड़की की तस्वीर मिली। यह शायद महेश की गर्लफ्रेंड थी। यह एक बड़ी तस्वीर थी जिसने उसे साफ साफ देखा जा सकता था। मैंने फोन निकाला और फिर उस तस्वीर को देखने लगा।

यह बात चौंका देने वाली थी कि उस लड़की की फोटो का बैकग्राउंड वीडियो में बैकग्राउंड से मैच हो गया था। इसका मतलब यह था कि यह खेल हमारे साथ उसकी गर्लफ्रेंड खेल रही थी।

"ये कौन है?" मैंने महेश की और देखते हुए शक की निगाहों से पूछा।

"मैंने आपको मेरी गर्लफ्रेंड के बारे में बताया था। इसका नाम सानिया है।"

"क्या तुम्हे उसका एड्रेस मालूम है?" मैंने उससे पूछा और अपनी दाहिने पॉकेट में उसकी तस्वीर डालते हुए कहा, "तुम्हे तो पता ही होगा। तुम तो उसके आशिक हो।"

"मगर बात क्या है?"

"तुम्हे मैंने जितना कहा है उतना करो। जल्दी से उसका एड्रेस दो वरना मुझे तुमसे यह करवाने के और भी तरीके आते है। और मैं उन्हें तुम पर आजमाना नहीं चाहता।"

"यहां से दो किलोमीटर दूर—श्रीकांत होटल। सेकंड फ्लोर, रूम नंबर 117. वह अपनी मम्मी पापा के साथ वहां रहती है।"

हमने कभी सोचा नहीं था कि कातिल खुद महेश की गर्लफ्रेंड होगी। महेश हमारे साथ बैठा कई सवालों में उलझा हुआ था। आनंद अपनी बेटी से कई दिनों बाद मिलने वाला था और मैं अपनी बेटी पाने के साथ साथ इस केस को खत्म करने वाला था।

"सानिया...." कई देर तक दरवाजा खटखटाने पर जब उसने दरवाजा नहीं खोला तो महेश ने आवाज लगाई और मजबूर होकर हमें दरवाजा तोड़ना पड़ा।

"सानिया!" महेश की चीख निकल गई। अब हमारे सामने एक और लाश थी। ठीक उसी तरह लटकती हुई जैसे जेबा की लाश लटक रही थी। गर्दन एक और किए हुए और शरीर बिल्कुल ठंडा।

आनंद के लिए ये कोई नई बात नहीं थी। इससे पहले वो दो लाशों को इसी कंडीशन में देख चुका था। सानिया इस खेल का केवल एक हिस्सा थी और उसके जरिए एक तगड़ा खिलाड़ी हमारे साथ खेल रहा था। मैंने फौरन पुलिस स्टेशन फोन किया और कुछ कॉन्स्टेबल को यहां बुला लिया।

मैंने अपना फोन सोफे के आगे पड़ी एक मेज पर टेढ़ा करके रख दिया जिसमे जेबा के दिए हुए बयान का वो वीडियो प्ले हो रहा था। उसी के पास सानिया की फोटो खड़ी करके रख दी।

तीनों का बैकग्राउंड बिल्कुल एक जैसा था और एक बात तो क्लियर हो गई थी कि इस केस में सानिया भी मिली हुई थी। मगर कैसे? जेबा यहां क्यों आई और उसने वो वीडियो क्यों रिकॉर्ड किया? इन सवालों के जब देने वाली सानिया की सांसों ने तो उसका साथ छोड़ दिया था।

"हां शालिनी! बोलो क्या बात है?" घर के टेलीफोन से आता कॉल देखकर मैने कहा।

"शालिनी की बहुत याद आ रही है इंस्पेक्टर। लगता है तुम अपनी बेटी को भूल गए।" यह आवाज उसी कातिल की थी।

मैंने अपने फोन को देखा। यह मेरे घर का ही नंबर था।

"हरामजादी! तुम मेरे घर तक पहुंच गई। अगर मेरी बीवी को कुछ हुआ तो— "

"नहीं, नहीं, नहीं। इतना गुस्सा मत करो। शांति से बात करो वरना जब घर लौटोगे तो तीसरी लास लटकते हुए पाओगे।" उसने धीमी और चिड़ा देने वाली स्वर में कहा, "अब तुम मेरी बात ध्यान से सुनो। मैं तुम्हारी अक्लमंदी देखकर खुश हूं कि तुम सानिया के घर तक पहुंच गए। मैं मानती हूं कि तुम भी एक बढ़िया खिलाड़ी हो और मैं चाहती हूं कि तुम ये साबित करो। तुम मुझे हरा दो और अपनी बेटी और वाइफ ले जाओ। सिर्फ आज का वक्त है तुम्हारे पास।"

"लेकिन तुमने मुझे तीन दिन दिए थे तुम्हे ढूंढने के लिए। आज दूसरा दिन है।"

"यही तो खेल का महत्वपूर्ण भाग है। यह खेल के नियम मैं ही बनाती हूं और उन्हें बदलती भी मैं ही हूं। तुम्हारे पास सिर्फ आज का वक्त है।"

"तुम ऐसा नहीं कर सकती।"

"मैं कुछ भी कर सकती हूं।"

"अगर तुम संच में यही चाहती हो कि मैं तुम्हे हरा दूं तो तुमने इसे क्यों मारा? मैं तुम्हारी असलियत तक पहुंचने वाला था।" मैं यह कहते हुए अपनी गाड़ी में बैठ गया और अपनी गाड़ी स्टार्ट करने ही वाला था।

"रुक जाओ इंस्पेक्टर। इतनी भी जल्दी क्या है मेरे पास आने की। क्या तुम यह सोचते हो कि तुम मुझे बातों में उलझा कर यहां अपने घर पहुंच जाओगे और मुझे इतनी आसानी से पकड़ लोगे?" वह हंसी

"मैं चाहती हूं कि तुम मुझे हरा दो, मगर इस चीटिंग करके नहीं। अपने दिमाग का इस्तेमाल करो, इंस्पेक्टर। कहानी में कुछ तड़का तो होना ही चाहिए।"

"तुम मुझे देख पा रही हो?" मैंने चौंकते हुए कहा।

"मैं तुम्हे देख सकती हूं मगर मेरी आंखे नहीं है। तुम मुझे ढूंढ सकते हो बस तुम्हे अपनी आंखो का इस्तेमाल करना है।" उसने एक पहेली के साथ फोन रख दिया।

मैंने उसके शब्दों पर एक बार फिर विचार किया।

"मैं तुम्हे देख सकती हूं मगर मेरी आंखे नहीं है। ऐसी क्या चीज ही सकती है?" मैंने बड़बड़ाया।

"कैमरा!" अचानक आनंद ने कहा, "कैमरे की आंखे नहीं होती मगर वो किसी को भी कुछ भी दिखा सकता है। मुझे लगता है यहां कोई कैमरा है जिसके जरिए वो हमे देख पा रही है।"

"एक्सीलेंट आनंद। तुम सही हो। जल्दी कैमरा ढूंढो।"

हमने कैमरा को हर जगह ढूंढा। सोफे के बगल में, दीवार की ईंट में, मेज के ऊपर पड़े सामान में और दीवार पर टंगे फूल में। वह कहीं नहीं मिला। उसके कहे मुताबिक मुझे सिर्फ अपनी आंखो का इस्तेमाल करना था। बहुत देर बाद मेरी नजर आनंद के शर्ट के दूसरे बटन पर पड़ी। उसके शर्ट की टॉप के दूसरे बटन पर एक छोटा सा कैमरा चिपका हुआ था और वह बिल्कुल एक कैमरा जैसा दिख रहा था। अब तक हमे यह पता ही नहीं था कि आनंद एक कैमरा लेकर घूम रहा है।

"उसकी वजह से वो हमारी सारी एक्टिविटी देख पा रही है।" मैंने उसके शर्ट से कैमरा उतारते हुए कहा।

"मुबारक हो। तुमने कैमरा ढूंढ लिया।" मेरे फोन पर एक मैसेज आया। मैं इसे देखकर मुस्कराया और कैमरे को एक कागज में लपेटकर रख दिया।

महेश कमरे से एक डायरी लेकर आया। मेरी नजर इस डायरी पर पड़ी थी मगर कैमरा ढूंढने के चक्कर में मैंने इस पर इतना ध्यान नहीं दिया। इसके सारे पेज खाली थे सिवाय शुरू के दो तीन पेज के। यह सानिया की डायरी थी।

मैं कभी डायरी नही लिखती और मुझे लिखने का शौक भी नहीं है। मगर आज मैं जो लिख रहीं हू वह वाकई में बहुत जरूरी है।

आज मेरे घर एक आदमी आया। छोटी-छोटी ढाढी और साधारण से दिखने वाले बाल। उसने मुझे बताया कि वह काफी दूर यात्रा करके आया है और उसे जोर की प्यास लगीं है। मैं किचन से पानी लेकर आई तो मैं देखती हूं कि उसने मेरे मम्मी पापा सर पर बंदूक तान रखी है। उसने मुझे मजबूर किया आद्या को मेरे कमरे में बुलाने के लिए। आद्या मेरी अच्छी दोस्त थी और वह अपनी बच्ची प्रिया को लेकर स्कूल से घर लौट रही थी इसलिए वो सीधे मेरे घर पहुंच गई।

मुझे और मम्मी पापा को उसे उसने कुर्सी पर बांध दिया और जेबा से एक वीडियो रिकॉर्ड करवाया जिसमे वह कह रही है कि वह अपनी मर्जी से सुसाइड करने जा रही है और इसके लिए सिर्फ वह ही जिम्मेदार है।

इसके बाद वह आद्या और उसकी बेटी प्रिया को अपने साथ कहीं ले गया। रस्सी खुलने पर जब मैने पुलिस स्टेशन फोन लगाना चाहा तो पता चला कि आद्या ने सुसाइड कर लिया है। मुझे समझ आ गया था कि उसने सुसाइड नहीं किया है और यहां जो कुछ हुआ उसके बारे में बताने के लिए मैं पुलिस स्टेशन फोन लगाने जा रही थी मगर मम्मी पापा ने मुझे ऐसा करने से मना कर दिया। वो नहीं चाहते थे कि मैं इस केस में इंवॉल्व हो जाऊ।

मुझे नहीं पता मैं ये क्यों लिख रही हूं। शायद इसलिए क्योंकि मैं अब भी पुलिस को सब संच-संच बताना चाहती हूँ।

इसके बाद उसने एक आदमी का स्केच बना रखा था। वह एक अच्छी आर्टिस्ट नहीं थी यह उसकी बनाई तस्वीर को देखकर कहा जा सकता था। उसकी आंख, नाक, कान और चेहरे की बनावट कुछ इस तरह की थी जैसे यह स्केच किसी सात साल के बचे ने बनाया हो। मगर इस स्केच से एक मदद मिल गई थी। मुझे यह पता चल गया था कि कातिल के मुंह पर हल्की दाढ़ी है और छोटे छोटे बाल।

इसका मतलब यह भी था कि कत्ल उस लड़की ने अकेले नहीं किया था। उसके साथ एक आदमी भी मिला हुआ था और यह सब करने के लिए उसका साथ दे रहा था।

"इंस्पेक्टर, तुम्हारे लिए एक खुशखबरी है।" मैंने अपना फोन उठाया देखा। यह आरव का कॉल था।

"क्या?" मैंने कहा।

"मैंने कातिल के डीएनए की लैब टेस्ट से उसका स्केच तैयार कर लिया है। यह तुम्हारे लिए तैयार है। शायद तुमने इसे अपने केस के दौरान कही देखा हो!".

"वाह आरव। मैं अभी वहां पहुंचता हूं।"

"यह कौनसे स्केच की बात हो रही थी साहब?" पाठक मेरे सामने खड़ा था, कुछ कॉन्स्टेबल साथ लिए हुए।

"ओह पाठक! अच्छा हुआ तुम आ गए। कैसा रहा तुम्हारी बेटी का जन्मदिन।"

"यह शानदार था। मगर यह हम आज रात को सेलिब्रेट करेंगे। आज तो केवल उसके लिए कुछ जरूरी सामान लेने चला गया था।" पाठक ने कहा, "वो आप स्केच के बारे में कुछ बता रहे थे।"

"आज हमने विज्ञान जगत में काफी प्रगति कर ली है। तुम यह जानता हो कि कातिल के डीएनए से सस्पेक्ट का डीएनए अगर मैच हो जाए तो हमें कातिल मिल जायेगा। लेकिन अगर हमारे पास कोई सस्पेक्ट ही न हो तो?"

"तो क्या?"

"डीएनए फिनोटाइपिंग," मैंने कहा।

"डीएनए फिनोटाइपिंग? यह क्या होता है?"

"विज्ञान में पिछले कई सालों में हम लोगों ने काफी प्रगति कर ली है। डीएनए फिनोटाइपिंग व्यज्ञानिकों द्वारा खोजी गयी महान तकनीकों में से एक है।" मैंने कहा, "इसके जरिये वह किसी भी व्यक्ति के सिर्फ डीएनए से उसके चेहरे की बनावट तैयार कर सकते है। वो कैसा दिखता है ये पता कर सकते है। कई पुलिस केस में तो यह तकनीक काम में भी ली गयी है।"

"यह हमारे लिए गर्व की बात है कि आज इंसान ने इतनी प्रगति कर ली कि वो केवल खुद के डीएनए से अपना स्केच तैयार कर सकता है," आनंद ने कहा।

"हां, गर्व की बात है। और इसी की मदद से अभी मुझे उस कमीने कातिल का पता भी चल जायेगा।" मैं पाठक की और मुड़ा और थोड़ी दबी हुई आवाज में बोला, "माफ़ करना पाठक। मैंने तुमसे कहा था कि मैं इस केस में तुम्हे अपने साथ रखूंगा। मगर मैं पूरे समय आनंद को लेकर इस केस की छानबीन में लगा रहा।"

"ये किसने कहा कि मैं इस केस में नहीं हू। मैं अभी भी इस केस में आपके साथ खड़ा हूं। देखिए," पाठक ने अपनी और इशारा करते हुए कहा।

मैंने उसकी पीठ थपथपाई और उसे वह डायरी पकड़ाते हुए कहा, "गुड। यह डायरी लेकर तुम आनंद के साथ पुलिस स्टेशन पहुंचो। मैं आरव से मिलकर तुम्हे फोन करता हूं। ठीक है।"

"क्या मैं भी आपके साथ चल सकता हूं?" आनंद ने कहा।

"नहीं। तुम पाठक के साथ पुलिस स्टेशन जाओ।" यह कहते हुए मैं चला गया आरव के पास।

आनंद और पाठक पुलिस पुलिस स्टेशन चले गए। महेश सानिया के मौत के गम में डूबा वहीं बैठा रहा। कुछ पुलिस कांस्टेबल के साथ।

आरव से मिलकर मुझे कुछ ऐसा पता चला जिसके बारे में कोई सोच भी नही सकता था। बहुत समय से कातिल मेरे साथ रहा और मैने उसे पहचाना ही नहीं। यह स्केच एक लड़की का था मगर उस पर सानिया के द्वारा बनाये हुए स्केच के मुताबिक दाढ़ी और छोटे छोटे बाल लगाने पर वह साफ पहचान में आ रहा था।

मैंने अपना फोन पुलिस स्टेशन लगाया और पाठक ने फोन पिक अप किया।

"हम्म साहब। क्या आपको कुछ पता चला कातिल कौन है?"

"नहीं। क्या तुम अभी पुलिस स्टेशन में हो? आनंद कहां है?"

"आनंद यहीं मेरे पास ही है। हम पुलिस स्टेशन में है।"

"वहीं रहो। मैं कुछ देर में आ रहा हूं"

मैं जताना नहीं चाहता था कि मुझे कातिल का पता चल गया है। उस शातिर कातिल का जो अब तक मेरे साथ शतरंज का खेल तो खेल रहा था मगर उसे यह नहीं पता था कि शतरंज में हर बार मास्टर नहीं

जीतता। कई बार कमजोर खिलाड़ी भी बाजी मार जाते है और मास्टर अपनी शक्ल देखता रह जाता है।

मुझे जल्द से जल्द पुलिस स्टेशन पहुंचना था इससे पहले कि उसे भनक लग जाए कि मुझे उसके बारे में पता चल चुका है। मैंने अपनी गाड़ी ली और निकल गया सिलीगुड़ी पुलिस स्टेशन।

14

पहला अध्याय

जब आपकी टीम का खिलाड़ी आपका सबसे बड़ा दुश्मन हो तो जीतने की उम्मीद नहीं करनी चाहिए। और जब आप जीतने की उम्मीद नहीं करते लेकिन जित जाते हैं, तो यकीन मानो आपको उस खेल में इससे ज्यादा खुशी कभी नहीं मिलेगी।

पाठक मेरी टीम का वह खिलाड़ी था। यह सब उसका बनाया हुआ खेल था और वह मेरे साथ शामिल होकर मेरे ही खिलाफ खेल रहा था। जब मैं पुलिस स्टेशन पहुंचा तो वह आनंद को पहले ही अपने साथ लेकर चला जा चूका था।

"आनंद उसके साथ जाने को कैसे राजी हो गया? क्या उसने पाठक का विरोध नहीं किया?" मैंने मायरा से पूछा। वह अभी भी जेल की सलाखों पर काबिज थी। वह बहुत डरी हुई लग रही थी। वह ऐसे खड़ी थी जैसे किसी ने उसे मूर्ति बना दिया हो।

मैंने उसका कंधा हिलाया और वह होश में आते ही रोने लगी। "वह आनंद को ले गया। उसे बचाओ। वह मेरे पिता को भी नहीं छोड़ेगा। वह सभी को मार डालेगा।"

"मुझे पता है कि पाठक ही है जिसने तुम्हारे पिता का अपहरण किया है। वह कुछ नहीं करेगा।" मैंने सिगरेट का कश लिया। "क्या उसने कुछ बताया वह उसे कहाँ ले जा रहा है?"

"वह एक पुराने घर के बारे में कुछ बात कर रहा था। उसने कहा कि वह

उस उसकी बेटी से मिलवाएगा। यह सुनकर आनंद उनके साथ जाने को तैयार हो गए।"

"कोई अजीब बात?"

"हाँ, वह लड़की की आवाज़ में बात कर रहा था। मैं कातिल नहीं हूँ! दरअसल— "

"मैं जानता हूँ।"

"क्या? कैसे?"

"छोड़ो। मुझे पता है कि वे दोनों कहाँ गए हैं। चलो।" मैंने मायरा को कार में बैठने के लिए कहा और हम चल दिए बतासिया लूप, दार्जिलिंग।

यह तो पक्का हो गया था कि पाठक ही ललिता थी। आज की दुनिया में यह संभव है। प्लास्टिक सर्जरी ने इसे आसान बना दिया है। और यह आपको बिल्कुल नेचुरल लुक देता है।

ललिता और आनंद में एक बात समान थी। मां। आनंद की मां अनाथालय में ललिता से मिलने जाती थीं और वहां उसकी देखभाल करती थीं। इससे भी यह स्पष्ट हो गया था कि आनंद उसका भाई था। लेकिन क्या वह नाजायज थी?

हम उनके घर के ठीक बाहर खड़े थे। वही पुराना घर। पाठक आनंद के साथ यहीं आया होगा क्योंकि उनकी कहानी का पहला अध्याय यही से शुरू हुआ था। इस पहले अध्याय में ही सारे राज अपने अंदर ही दफन हो गए थे। पाठक ने अपने ही पिता और बहन को क्यों मारा? उसने साक्षी को क्यों मारा? आखिर ऐसा क्या था जिसकी वजह से ललिता को पाठक बनना पड़ा?

यह घर बिल्कुल सूना-सूना लग रहा था। वहाँ कोई नहीं था। घर में हमारे पैरों की आहट भी साफ सुनाई पड़ रही थी।

"आनंद," मैं जोर से चिल्लाया। "पाठक!"

दोनों हाथों से बंदूक पकड़े मैं धीरे-धीरे घर में घुस रहा था और मायरा मेरे पीछे-पीछे आ रही थी।

"क्या वे यहाँ नहीं हैं?" मायरा ने कहा।

"मुझे पता है कि तुम यही हो," मैं एक बार फिर चिल्लाया। "चुपचाप बाहर आओ। तुम्हारा खेल खत्म ललिता, पाठक!"

"नमस्ते इंस्पेक्टर। मेरे घर में तुम्हारा स्वागत है।"
पूरा घर एक आवाज सुन सकता था। यह एक लड़की की तरह लग रहा था। हालांकि यह आवाज बहुत साफ थी, लेकिन यह पता नहीं चल पाया कि यह कहां से आ रही थी। "तुम मुझसे मिलने के लायक हो, इंस्पेक्टर। बताओ, किससे मिलना चाहोगे—पाठक या ललिता?"
"मुझे पता है कि तुम एक ही हो। तुम अपनी बकवास बंद करो और जल्दी से मेरे सामने आओ।"
"और अगर मैं नहीं आया तो?"
"तुमने कहा था कि अगर मैंने तुम्हारी सच्चाई का पता कर लिया, तो तुम मुझे उन सभी लोगों को वापस कर दोगे जिन्हें तुमने अगवा किया है। मैंने तुम्हारा पता कर लिया।"
"तुम झूठ बोलते हो।" उसकी आवाज़ में अचनाक क्रोध भर गया। "मैंने तुमसे अपने बारे में पता लगाने के लिए कहा था। ऐसा नहीं हुआ। तुम्हें आरव, एक फोरेंसिक अधिकारी से मदद मिली। अगर आज उसका विज्ञान नहीं होता तो तुम मुझे ढूंढ़ने कभी ढूंढ नहीं पते।"
"उसके पास अभी भी वह विज्ञान नहीं है जिसको मैंने तुम्हे पकड़ने के लिए इस्तेमाल में लिया था।" मैंने अपनी सांसों को कण्ट्रोल किया और शांत स्वर में कहा, "हां, आरव ने मेरी मदद की लेकिन— "
"फिर उस स्केच के बारे में क्या? वह फिनो, फिनोटाई— "
"डीएनए फेनोटाइपिंग!" मैं जानबूझकर हँसा। "विज्ञान ने इतनी भी प्रगति नहीं की है कि हमारे चेहरे की संरचना को सिर्फ डीएनए से तैयार कर सके। डीएनए फिनोटाइपिंग से केवल हमारी आंखों का रंग, त्वचा का रंग, बालों का रंग, वजन और लम्बाई का पता चल सकता है। यह सब जाल तुम्हारे लिए बिछाया गया था।"
वह शांत था। मैंने फिर अपनी बात जारी रखी।
"मैं पहले से ही जानता था कि तुम मुझे ट्रेस कर रहे हो। तुम हर समय जानते थे कि मैं कहाँ था। और यह सब तब होता था जब आनंद मेरे साथ होता था।" "पहले तो मुझे आनंद पर शक हुआ, लेकिन फिर मैंने उसकी शर्ट के बटन पर एक कैमरा देखा। मैंने उसे इसके बारे में नहीं बताया। मैं तुम्हे इसके बारे में पता नहीं चलने देना चाहता था। तुम वही देख रहे थे

जो मैं तुम्हे दिखा रहा था।"

"ओह!"

"मेरे पास कुछ सबूत थे और उन्हें मैं तुम्हारे घर सिलीगुड़ी ले गया। मुझे तुम्हारे घर में वही तस्वीरें मिलीं जो मुझे अनाथालय में मिली थीं। तुम्हारी माँ के साथ खूबसूरत पलों की कुछ तस्वीरें। मुझे पता है कि वह तुम्हारी माँ है। है ना?"

"हाँ, आनंद मेरा भाई है। लेकिन हो सकता है तुम मुझे अपनी बातों से बेवकूफ बना रहे हो," उसने कहा।

"आज की दुनिया में, कोई है जो हर समय हमारे साथ है, और उसके पास हमारे सभी साधारण सवालों के जवाब हैं।" मैं मुस्कुराया और बोला "एलेक्सा!"

"गूगल अलेक्सा! वह रोबोट?"

"हां, तुम्हे या तो गूगल कर लेना चाहिए था और फिनोटाइपिंग के बारे में पता लगाना चाहिए था या एलेक्सा से इसके बारे में पूछ लेना चाहिए था जब तुमने मुझसे इसके बारे में पहली बार सुना। एज़ सिंपल एज़ इट इज।"

मैंने जो कहा वह वास्तव में मजाकिया थे, लेकिन अगर वह इसे गूगल करता तो यह उसके लिए फायदेमंद साबित हो सकता था। हालाँकि, फ़िनोटाइपिंग तकनीक विकसित की जा रही है, यह अभी तक उपयोग में नहीं है। कम से कम भारत में तो नहीं।

मुझे ताली की आवाज साफ सुनाई दे रही थी। वह पाठक था। नहीं, मुझे उसे ललिता कहना चाहिए क्योंकि मैंने जो देखा वह वास्तव में अजीब था। पर सच था। मेरे सामने ललिता खड़ी थी।

लंबे और काले बाल, हालांकि असली नहीं। होठों पर लाली, हालांकि हम उन्हें लाल नहीं कह सकते, वे गहरे लाल रंग के थे। आँखों में गहरा काजल। बिना दाढ़ी के चिकने गाल और मेकअप से दमकता चेहरा। उसने महरून रंग की साड़ी पहन रखी थी। वह इस तरह खड़ी थी जैसे कि उसकी शादी हो रही हो और वह इस घर को छोड़कर जा रही हो। उसकी पतली कमर उसके लुक को और भी खूबसूरत बना रही थी। उसके कानों में बालियां सोने पर सुहागा लग रही थीं। उसने बेशकीमती झुमके पहन

रखे थे और मैं इन्हें अपनी पत्नी शालिनी के लिए खरीदने वाला था। ये असली सोने की बालियाँ थीं और ये इतनी चमकदार थीं कि कोई भी सुनार दूर से ही बता सकता था कि यह चौबीस कैरेट की है।
मेरी शादी हो चुकी थी और मैं पहली बार पाठक को इतनी गौर से देख रहा था। उसने एक पर्दा हटाया और उसके पीछे सभी लोग दिखाई दे रहे थे। आनंद, उसकी बेटी प्रिया, मेरी बेटी निशा, मेरी पत्नी शालिनी और मायरा के पिता दयाल सभी कुर्सी से बंधे हुए थे। सभी के मुंह पर सफेद पट्टी बंधी हुई थी और हाथों में मध्यम आकार की रस्सी बंधी हुई थी। पास ही आनंद की मां व्हील चेयर पर बैठी थीं। जैसे मैंने उसे पहली बार देखा था। चुप चाप। उसके दोनों हाथों पर रस्सी नहीं थी और मुंह पर कोई पट्टी भी नहीं थी। वैसे भी वह बोल नहीं सकती थी और किसी ने भी उसे व्हील चेयर से उठते नहीं देखा था। हम सभी जानते हैं कि वह अस्वस्थ थी।
पाठक ने कहा, "तुम वास्तव में एक बुद्धिमान व्यक्ति हो। हर पुलिस स्टेशन को तुम जैसे स्मार्ट पुलिस इंस्पेक्टर की जरूरत है। मुझे यकीन था कि तुम ऐसा कर सकते हो।"
"फिर उन्हें अपनी कैद से रिहा करो जैसा तुमने कहा था," मैंने सीधे कहा।
"बिल्कुल। क्यों नहीं! लेकिन एक शर्त के साथ।"
"और वह क्या है?"
"तुम मुझे जेल नहीं भेजोगे। किसी भी तरह से तुम इस मामले को अदालत में बंद करवा दोगे और मुझे हमेशा के लिए आज़ाद कर दोगे।" उसने कहा, "मैंने तुम्हारी बुद्धि का परीक्षण किया है और मुझे पता है कि तुम यह कर सकते हो।"
"मैं एक अपराधी को निर्दोष कैसे साबित कर सकता हूं? तुम्हे सजा मिलनी चाहिए वरना यह हमारे कानून के खिलाफ होगा।"
"क़ानून! किस क़ानून की बात कर रहे हो? तुम्हारा ये क़ानून कहाँ था जब एक बेगुनाह को सज़ा दी जा रही थी। क्या तुम्हारा ये क़ानून हिंजड़ा जाति के लिए अलग है!"
"हिंजड़ा? तो क्या तुम?" मैंने आश्चर्य से पूछा।
"एक पीड़ित एक अपराधी से पहले पैदा होता है।" यह कहकर पाठक

आनंद के पास गया और उसकी रस्सी खोल दी। वह दूसरे लोगों को जाने देता, लेकिन वह मुझे अपनी कहानी बताना चाहता था, और मैं उसे सुनने के लिए उत्सुक था।

"तुम्हारे साथ क्या गलत हुआ था?" मैंने कहा।

"मैं बताती हूँ।"

सात साल बाद आनंद ने अपनी मां की आवाज सुनी और वह अपने पैरों पर खड़ी थी। बिल्कुल आराम से। एक सामान्य व्यक्ति की तरह। आनंद के लिए इस बात पर यकीन करना बेहद मुश्किल था कि उसकी मां अब तक जानबूझ कर चुप रहती थीं और आनंद से बात तक नहीं करती थीं। वह समझ नहीं पा रहा था कि उसे इस बात पर खुश होना चाहिए कि उसकी माँ उसके सामने खड़ी थी या दुखी होना चाहिए कि वह अब तक उससे झूठ बोल रही थी। यह वाकई में अजीब था।

"माँ तुम?"

"हाँ, मैं बात कर सकती हूँ और अच्छी तरह से चल-फिर सकती हूँ। मैं ठीक हूँ, और अब तक तुमने जो कुछ देखा था वह सब झूठ था। वास्तव में तुमने कभी सच देखा ही नहीं था, और मैं आज तुम्हें वह संच दिखाउंगी।"

"मुझे पता है कि तुम बहुत हैरान हो, और यह स्वाभाविक है। वह महिला जो पिछले सात सालों से बात नहीं कर सकती थी, आज तुम्हारे सामने स्वस्थ और तंदुरुस्त अवस्था में खड़ी है," उसकी माँ ने कहा। "लेकिन एक सच जिसे कभी झुठलाया नहीं जा सकता, वह यह है कि ललिता मेरी बेटी है। तुम उसके भाई हो।"

"क्या!" आनंद ने आश्चर्य से पूछा, "क्या इसका मतलब यह है कि मेरी दो बहनें हैं?"

"नहीं। तुम्हारी एक ही बहन है, और वह जीवित है। तुम्हारे सामने—ललिता।" उसने ललिता की ओर गर्दन फेर ली।

"और साक्षी?"

"नहीं। वह तुम्हारी बहन नहीं थी। उसे तुम्हारे पिता ने गोद लिया था।"

आनंद की मां का एक जवाब उनके मन में सैकड़ों सवाल खड़ा कर रहा था। क्या साक्षी को पता था कि उसे गोद लिया गया है? अगर ललिता उसकी सगी बहन है तो उसे अब तक उससे दूर क्यों रखा गया? उसने

जेबा को क्यों मारा? सबसे बड़ा सवाल वह आखिर क्यों जी रही है मर्दों की जिंदगी? ललिता को पाठक क्यों बनना पड़ा? ऐसे हजारों सवाल उसके दिमाग में खून से भी तेज दौड़ रहे थे और वह उन्हें शांत करने के लिए व्याकुल था।

"क्या ललिता ने साक्षी को मारा?" आनंद ने दबे स्वर में कहा।

उसने इसका कोई जवाब नहीं दिया, बल्कि उसने आनंद की कहानी का पहला अध्याय शुरू किया। वह अध्याय जो आनंद को कभी नहीं सुनाया गया, भले ही वह उनके जीवन का एक महत्वपूर्ण हिस्सा था। एक ऐसा अध्याय जो एक बार उसे पता चल गया तो उसके सभी सवालों का सफाया कर देगा।

पच्चीस साल पहले की कहानी है। उस वक्त आनंद दो साल का था। उसके घर बिल्कुल उसी की तरह एक नन्हा मेहमान आने वाला था। उसके पिता एक बेटी चाहते थे। जब महिला डॉक्टर डिलीवरी रूम से बाहर निकली तो उन्होंने पूछा कि उसकी पत्नी ने लड़की को जन्म दिया है या लड़के को? डॉक्टर एकदम खामोश खड़ी रही और इसका जवाब देने के बजाय उसने दूसरा तरीका अपनाना बेहतर समझा। उसने उस एक घंटे के बच्चे को उनके हाथों में थमा दिया। बच्ची के प्राइवेट पार्ट से उन्हें लगा कि बच्चा लड़की है। वह बहुत खुश था। लेकिन उस बच्चे की बढ़ती उम्र डॉक्टर की शांति का राज खोल रही थी।

जैसे-जैसे ललिता बड़ी होती गई, उसे पता चला कि उसकी काया लड़के जैसी है। उसका चेहरा, आंखें, हंसने का ढंग और उसका रूप-रंग सब लड़कों जैसा था। वह लड़कों के कपड़े पहनती थी, लड़कों के साथ खेलती थी, वह गलियों में लड़कों के साथ घूमती रहती थी। लेकिन एक बात जो सभी लड़कों की तरह उसमें कॉमन नहीं थी, वह था उसका प्राइवेट पार्ट।

जब उसने उसी महिला डॉक्टर से इसके बारे में पूछा तो पता चला कि उसने न तो लड़की को जन्म दिया है और न ही लड़के को। यह एक हिंजड़ा है।

उसके पिता ने उसे एक अनाथालय के बाहर छोड़ दिया जब वह केवल नौ वर्ष की थी। उस उम्र में, वह यह तक नहीं जानती थी कि उसके साथ ऐसा

व्यवहार क्यों किया जा रहा है।

अनाथालय के लोग भी उसे लड़का समझते थे। लेकिन फिर भी उसका नाम ललिता ही था। उसकी मां प्रतिदिन अनाथालय में उसकी देखभाल करती थी। वह उसे नहलाती, कपड़े पहनाती और खिलाती। ललिता को बेहतर सुविधाएं मिल सकें इसके लिए वह हर महीने एक बड़ी रकम अनाथालय में दान करती।

"और साक्षी?" आनंद ने फिर पूछा।

"तुम्हारे पिता ने उसी अनाथालय से एक लड़की को गोद लिया था। वह तुमसे दो साल छोटी थी।"

"और यही कारण है कि पाठक, मेरा मतलब ललिता, ने अपने ही पिता को मार डाला? मेरे पिता— " आनंद ने उदास स्वर में कहा।

"उसे पिता मत कहो। वह पिता कहलाने के लायक नहीं था।" पाठक ने थोड़ी ऊँचे स्वर में कहा, "पिता वह है जो अपने बच्चे को खेलने के लिए अपने घर का आँगन, देखने के लिए अपना कंधा और खाने के लिए अपनी थाली का खाना देता है। मेरी मां ही मेरे पिता हैं।"

पाठक की आंखों में गुस्सा था। और यह स्वाभाविक था। मैं कल्पना भी नहीं कर सकता था कि पाठक जिस तरह का जीवन जी रहा था, वह कैसे जी रहा था। मुझे पता है कि एक हिंजड़े का जीवन कैसा होता है और उसके साथ क्या होता है जब उसके अपने ही माता-पिता उसे अकेले रहने के लिए छोड़ देते हैं। कच्चे रास्ते पर।

पाठक ने कहा, "उन्होंने साक्षी को वह सारा प्यार दिया जो मुझे मिलना चाहिए था। साक्षी वह जीवन जी रही थी जिसका मैं हकदार था। वह उन खिलौनों से खेल रही थी जो मेरे थे। वह एक अनाथ थी फिर भी एक पिया के साथ थी, और मेरा पिता भले ही जीवित था मैं एक अनाथ था।" उसका स्वर कुछ गुस्से में बदल गया। "न तो उस पिता को जीने का अधिकार था, न ही उस अनाथ बच्ची साक्षी को।"

"यह सब गलत है। तुमने गलत किया," आनंद ने कहा।

"तो क्या मेरे साथ जो हुआ सही था? अगर मैं एक एक हिंजड़ा हूं तो क्या यह मेरी गलती है?" पाठक भावुक होते हुए बोला, "तुम वही खून हो। वही गंदा खून। वही बुरी सोच।"

"आंख के बदले आंख से पूरी दुनिया अंधी हो जाएगी। वे सभी तुम्हारी कहानी के पात्र नहीं थे जिन्हें तुमने मार डाला। जेबा, सानिया, उन्होंने तुम्हारा कुछ नहीं बिगाड़ा था।"

"क्या मैं निर्दोष नहीं थी? मैं मानता हूं कि मैं पूरी तरह से एक पुरुष नहीं हूं। यहां तक कि पूरी तरह से महिला भी नहीं हूं। लेकिन मैं पूरी तरह से एक इंसान हूं जो दर्द महसूस कर सकता है। हर किसी की तरह मुझमें भी भावनाएं हैं, और हर किसी की तरह मेरी भी कुछ पसंद और नापसंद है।"

"मेरा मन लड़के जैसा है। कपड़े, पसंद-नापसंद, जज़्बात सब लड़कों जैसे थे, फिर भी मुझे तुम्हारे पापा के लिए लड़कियों के कपड़े पहनने पड़े।"

"मगर— "

"क्या हिंजड़ा होना अपराध है? यदि ऐसा है, तो मुझे तभी मार दिया जाना चाहिए था जब उन्हें पता चला कि मैं लड़की नहीं हूँ। यदि नहीं, तो मैं कैसे दोषी हूं? मैं निर्दोष हूं।"

"नहीं, तुमने निर्दोषों को मारा है। उनका कोई दोष नहीं था फिर भी उन्हें तुम्हारे कारण मरना पड़ा। तुमने जेबा को क्यों मारा?"

"एक झूठ को छिपाने के लिए सौ झूठ बोलने पड़ते हैं।" यह कहकर पाठक ने अपने आंसू पोछने के लिए साड़ी का पल्लू आंखों पर फेरा। इससे काजल उसकी आंखों के आसपास फैल गया था।

"ओह मेरा मेकअप! सब ख़राब हो गया।" उसने साड़ी के पल्लू को देखा जो काला हो गया था।

मुझे नहीं लगता कि वह साड़ी के खराब होने को लेकर बिल्कुल भी चिंतित था। इसके बजाय उसे लड़कों के कपड़े पहनना और लड़का रहना पसंद था। उसमें एक आदमी के गुण थे इसलिए वह एक आदमी का जीवन जी रहा था। एक साधारण आदमी का जीवन।

पाठक ने कहा, "मैं अपने जीवन से खुश था। एक कांस्टेबल जो एक सामान्य व्यक्ति की तरह पूरे दिन काम में व्यस्त रहता है और हर कोई उससे अपने जैसा व्यवहार करता है।" "तभी मैंने पुलिस स्टेशन में एक लड़की को अजीबोगरीब रिपोर्ट लिखाते हुए देखा। वह कुछ सफेद आंखों की बात कर रही थी। मुझे पता था कि वह तुम्हारी गर्लफ्रेंड जेबा है। हालांकि उसने अपना नाम आद्या बताया था।"

"तुम उसे कैसे जानते हो?" आनंद ने कहा।
पाठक धीरे से हंसाने लगा और साक्षी की मृत्यु के बारे में फिर से बात करना शुरू कर दिया।
"मुझसे परेशान होकर साक्षी ने कॉलेज छोड़ दिया था। मैंने उसे वहां बहुत परेशान किया। मैं उसे वहीं मारने वाला था लेकिन उसने उस कॉलेज से इस्तीफा दे दिया।" "मैं एक महीने के बाद बतसिया लूप पहुंचा। मैं तुम्हारे और जेबा के प्यार के बारे में जानता था। मुझे पता था कि तुम उस रात जेबा से मिलने उसके घर गए थे। मैंने इस मौके का फायदा उठाया और पापा से मिलने उनके घर पहुँच गया। मैंने सोचा मुझे देखकर, इतने सालों के बाद, उस आदमी में एक पिता पैदा हो सकता है। मैं उस रात उन्हें मारने के इरादे से नहीं गया था।"
"अगर मारने का इरादा नहीं था तो क्यों मारा?" मैंने कहा।
"मेरे दिल ने मुझे उससे मिलने के लिए कहा और इसलिए मैं वहां गया। उसे यह बताने के लिए कि जो कुछ हुआ उसे भूल जाए, और नए सिरे से शुरू करें।"
“लेकिन उस रात उन्होंने मेरा बहुत अपमान किया। उन्होंने मुझे याद दिलाया कि मैं एक हिंजड़ा हूं और ऐसे लोगों के लिए इस समाज में कोई जगह नहीं है। मुझे गुस्सा आया और मैंने उसे मार डाला।" "मैं नहीं जानता कि कैसे जेबा का भाई अफरोज मेरे पीछे खड़ा था। उसने मुझे मारा और मैं बुरी तरह घायल हो गया। यह लड़ाई काफी देर तक चली और इस लड़ाई में साक्षी घायल हो गई। अफरोज को मैंने मार डाला।"

आनंद शांत खड़ा उसकी बातें सुन रहा था।

"मुझे डर था कि इस मामले की जांच करने पर पुलिस को पता चल जाएगा कि मैंने यह क़त्ल किया है। इसलिए मैंने एक योजना बनाई और साक्षी को घर के ठीक बीच में झूमर की रस्सी से लटका दिया और उसके पास एक पत्र छोड़ दिया।"
"जेबा के भाई को कातिल साबित करना पुलिस से बचने का एक अच्छा तरीका था। मैंने अफरोज के इस घर में आने का एक कारण भी बताया ताकि वो यह सोचें कि यह जेबा ही थी जिसने अपने भाई अफरोज को साक्षी से बलात्कार करने के लिए कहा। और जब तुम पुलिस के साथ

उसके घर पहुंचे तो तुम्हे लगा कि वह वहां से भाग गई है।"

जैसे-जैसे पाठक इस कहानी को सुनाते गया, वैसे-वैसे अगले भाग के बारे में जानने की उत्सुकता बढ़ती जा रही थी। पहले से कई गुना ज्यादा। एक नई ऊर्जा के साथ।

"और उनकी मृत्यु के बाद तुम एक आदमी का जीवन जीने लगे। जैसा तुम चाहते थे। एक कांस्टेबल के रूप में। क्या मैं सही हूँ पाठक?" कुछ देर बाद मैंने अपनी चुप्पी तोड़ते हुए कहा।

"आप कभी गलत नहीं थे सर!" पाठक ने मेरी ओर सिर घुमाते हुए कहा, "लेकिन यह अधिक समय तक संभव नहीं था। जैसा कि मैंने बताया था—आनंद की प्रेमिका जेबा थाने में रिपोर्ट लिखने आई थी। आपको याद होगा कि हम राजावत हाउस भी गए थे और वहां हम आनंद से मिले। जेबा ने मुझे देखा था।"

हालांकि मैं सब कुछ जानता था, इसने मुझे फिर से उस पल की याद दिला दी। हम राजावत हाउस गए थे जहाँ जेबा एक हिन्दू की तरह रहती थी और आद्या के नाम से जानी जाती थी। मैंने आनंद को वहां भी देखा था।

"मैं जेबा को मारना नहीं चाहता था, लेकिन मैं ऐसा करने के लिए मजबूर था। अगर मैंने ऐसा नहीं किया होता तो वह आनंद को उस दिन जो कुछ हुआ था वह सब बता देती, और यह मेरी वास्तविकता प्रकट करने के लिए पर्याप्त था। अफरोज तुम्हारी बहन से प्यार करता था, और उस रात वह उससे तुम्हारे घर मिलने गया हुआ था।" वह आनंद की ओर मुड़ा। "मुझे पता है कि वह तुम्हे सब कुछ बताने वाली थी। अगर ऐसा हो जाता तो तुम माँ से उस रात हुई घटना के बारे में पूछते, और माँ को अपनी चुप्पी तोड़ने के लिए मजबूर होना पड़ता।" उसने कहा, "माँ यह सब जानती थी, हालाँकि उसने इसे छिपाया ताकि मैं बच सकूँ। वह मुझसे बहुत प्यार करती है।"

आनंद ने अपनी मां की ओर देखा। उसकी मां का प्यार अपने दोनों बच्चों के लिए बराबर था।

"अद्भुत तरीका है आपका माँ। जब मैं कुछ जानना चाहता हूँ तो आप चुप हो जाती हैं।" आनंद ने व्यंग्यात्मक ढंग से कहा।

"तुम मेरे भाई हो आनंद।" पाठक ने कहा, "हम दोनों एक ही खून के हैं।"
"मैं तुम्हारा भाई नहीं हूँ। तुम एक हत्यारे हो। और सुनो, मेरी एक ही बहन थी—साक्षी। मैं सिर्फ उसका भाई था। और अब मेरी कोई नहीं है।"
मैंने आनंद के कंधे पर हाथ रखा और उसे चुप रहने का इशारा किया।
मैंने पाठक से कहा, "ठीक है, यह तो समझ में आ गया कि जेबा को वीडियो क्लिप रिकॉर्ड करने के लिए मजबूर किया ताकि किसी को उसकी मौत का शक न हो और मौत का मामला आत्महत्या का मामला बन जाए।" "लेकिन तुमने सानिया के घर में वह वीडियो क्लिप क्यों रिकॉर्ड की?"
"राजावत हाउस में उसका पूरा परिवार था। इसलिए मैंने दोपहर में जेबा की लाश उसके घर में लटका दी जब सब सो रहे थे। लेकिन गनीमत थी कि उस वक्त उसकी सास और ननद वहां थीं। और मुझे जेबा के साथ देखा। मुझे उन्हें भी मारना था। सानिया उसकी दोस्त थी और इसने मेरे लिए आसान बना दिया। एज़ सिंपल एज़ इट इज सर!"
"लेकिन तुम ध्यान रखना। तुम न तो मेरे भाई हो और न ही बहन," आनंद ने टोकते हुए कहा।
"इसका मतलब है कि तुम भी मुझे हिंजड़ा समझते हो।" उसकी आँखें चौड़ी हो गईं और उसने अपने हाथ में बंदूक की पकड़ कस ली।
"तुम हो। और तुम्हे यह इसे स्वीकार करना चाहिए।" आनंद ने कहा, "हिंजड़ा होना गलत नहीं है। वास्तव में, हिंजड़ा शब्द का मतलब ही होता है- ईश्वर के करीब। वे ईश्वर के सबसे करीब होते हैं, इसलिए हर कोई उनका आशीर्वाद लेना चाहता है।"
अब सब कुछ शांत था, और मेरे हाथ में रिकॉर्डेड ऑडियो टेप था जिसमें अब तक की सारी बातचीत रिकॉर्ड की गई थी। पाठक को इसकी जानकारी नहीं थी और यह सबसे अच्छी बात थी।
आनंद ने कहा, "मैं तुम्हे यह नहीं कह रहा है कि तुम्हे एक हिंजड़े का जीवन जीना चाहिए। मैं बस इतना कह रहा हूं कि तुम्हें अपनी वास्तविकता को स्वीकार करना चाहिए। कपड़े बदलने से शरीर नहीं बदलता।"
"तुम उन्हें छोड़ दो।" मैंने कुर्सी पर बैठे लोगों की ओर इशारा करते हुए

कहा।

"ज़रूर। जैसा आप कहेंगे मैं वैसा ही करूँगा। लेकिन— "

"पर क्या?"

"मैंने आपको पहले ही शर्त बता दी है।"

"जब तुमने मेरे पिता और बहन को मारा था तब भी तुम निर्दोष नहीं थे। उसके बाद तुमने दो और हत्याएं कीं। तुम्हें सजा मिलनी चाहिए।"

आनंद की बात सुनकर पाठक को गुस्सा आ गया और उसने कुर्सी पर बैठे लोगों पर बन्दूक तान दिया और कहा, "सीधी-सी बात समझ में नहीं आती तुम्हें।"

"नहीं, तुम ऐसा नहीं करोगे।" आनंद ने धीमी और डरी हुई आवाज में कहा।

"ठीक है। मैं तुम्हें अदालत में बेगुनाह साबित कर दूंगा।" मैंने सिर हिलाया, "लेकिन तुम पहले इन सब को जाने दो।"

"मैं तुम्हारे दिमाग को अच्छी तरह से जानता हूँ इंस्पेक्टर। ज़रूर, यह तुम्हारी कोई चाल है!"

"मेरा परिवार तुम्हारे साथ है और मुझे उनकी ज़रूरत है। मैं और मौत नहीं चाहता।"

"तुम मेरी बेगुनाही कैसे साबित करोगे?" पाठक ने बिना देर किए कहा।

"कोई नहीं जानता कि तुम ललिता हो। लोग भी ललिता के बारे में कुछ नहीं जानते। मैंने जेबा के फोन में पड़े उस वीडियो को सोशल मीडिया पर शेयर नहीं किया है. मैं साबित कर दूंगा कि ये सुसाइड था।"

"इन लोगों का क्या जो यहाँ मरने के लिए हैं।"

"ये लोग तुमसे कभी मिले ही नहीं है।"

"तुम महान हो इंस्पेक्टर।"

मैं मुस्कराया।

08 सितम्बर 2022, गुरुवार

"ओह, स्वागत है आपका इंस्पेक्टर विवेक!" आनंद ने मेरा स्वागत किया।

शालिनी, निशा और मैं एक घूमने पर जा रहे थे और आनंद का घर रास्ते में था। इसलिए मैं उनके साथ उससे मिलने चला गया।

मायरा के पिता की मृत्यु हो चुकी है, और अब आनंद हर चीज उनके कारोबार कि देखभाल करता है जो कि मायरा के पिता की अंतिम इच्छा थी। आनंद और मायरा शादीशुदा हैं और अभी बाहर बैठकर सलाद खा रहे हैं।

"आपकी शादी के लिए बधाई श्रीमान और श्रीमती मिश्रा।"

"ओह धन्यवाद, यहाँ बैठो।"

"तो तुमने आखिरकार शादी कर ली।"

"हाँ, अब मेरे पास मेरा पूरा परिवार है—पत्नी, बेटी, माँ।"

"और बहन?"

"वह जिंदा है।"

"क्या? साक्षी ज़िंदा है? कहाँ?"

"यहाँ, मेरे दिल में।"

"मैं ललिता की बात कर रहा था," मैंने हँसते हुए कहा।

"निश्चित रूप से वह मेरे पिता का ही खून था, मैं अभी भी आपके निर्णय के साथ हूं। आपने बहुत अच्छा काम किया है। एक अपराधी को सजा जरूर मिलनी चाहिए।"

"उसे बहुत कम सजा मिली है। केवल सात महीने। उसे भी अपना जीवन जीने का अधिकार है," मैंने कहा।

"क्या! बहुत बहुत धन्यवाद। वह बिल्कुल सही था। आप महान हैं इंस्पेक्टर।"

रिंग... रिंग... रिंग...

"डीएसपी फौजदार का फोन है। एक मिनट।" मैं कुछ दूर खड़ा हो गया और फोन कान पर लगा दिया।

"जी सर! हां सर। लेकिन सर... ओके सर, ओके।"

"क्या हुआ!" शालिनी ने मेरी ओर देखा।

"डीएसपी फौजदार ने मुझे एक नए केस को सॉल्व करने के लिए कहा है। मुझे अभी पुलिस स्टेशन जाना पड़ेगा," मैंने कहा।

वह बहुत देर तक मेरी तरफ देखती रही। जैसे आज वह मुझे कच्चा चबा जाएगी।

"मजाक था, हा हा हा!" मैं निशा को गोद में लेकर कार की ओर भागा। उसने भी मेरा पीछा किया और हम एक लंबे टूर पर गए। बहुत दूर।

लेखक के बारे में

<u>लेखक के बारे में</u>

संजय पंवार, एक 22 वर्षीय लेखक, वीरता, राजसी और सम्मान के पर्याय राजाओं की भूमि राजस्थान के रहने वाले है। उन्हें भारतीय होने पर गर्व है।

उन्होंने भारत में सबसे अद्‌भुत स्थानों की यात्रा करने का अवसर दिए जाने से पहले उन्नीस वर्ष अपने गाँव में बिताए। उन्होंने अपने आसपास कुछ गलत सोच देखी और फिर अपने लेखन के माध्यम से आज के समाज की सोच पर तमाचा मारने की कोशिश की।

उन्हें शुरू से ही लिखने का शौक है। वह कहते हैं 'अगर पढ़ना आपका जुनून है, तो लिखना मेरा'। उन्होंने 13 साल की उम्र में 'वॉयस ऑफ दी हार्ट' नामक पुस्तक लिखी, जिसमें बाईस कहानियों का संग्रह था, लेकिन उन्होंने उसे प्रकाशित नहीं करवाया। अब वह अपने पहले उपन्यास 'द सिस्टर्स ब्रदर' के साथ आए हैं जिसमें समाज के लिए एक महान संदेश है।